Die Notwendigkeit von Schnee
Paula Roose

AF199722

Roose inside

Paula Roose

Die Notwendigkeit von Schnee

Leseadventskalender

Bibliografische Information der Deutschen Nationalbibliothek: Die Deutsche Nationalbibliothek verzeichnet diese Publikation in der Deutschen Nationalbibliografie; detaillierte bibliografische Daten sind im Internet über http://dnb.dnb.de abrufbar.

Covergestaltung: Rica Aitzetmüller, Cover & Books - Buchcoverdesign unter Verwendung von Adobe Stock Motiven!
Copyright Zeichnung © 2017 Samer Al Kousa
Korrektorat: Claudia Heinen: sks-heinen.de, Paula Roose

Herstellung und Verlag: BoD – Books on Demand, Norderstedt.
ISBN 9783744888295

Inhaltsverzeichnis

Kapitel 1

Ingrid Schlomeyer. Der Name ihrer Mutter war in Stein gemeißelt. In verschnörkelten Buchstaben stand er da und Sandra fragte sich, ob Grabsteine so groß und schwer waren, weil sie für Trauer standen. Sie könnte diesen nicht einen Zentimeter weit bewegen — genau wie ihren Schmerz.

In der Hand hielt sie die grauen Blütenreste einer Hortensie, der Lieblingsblume ihrer Mutter. Ein schwieriges Grabgewächs. Sie wucherte wild, wenn man sie nicht schnitt, aber schnitt man sie, dann blühte sie im Folgejahr nicht. Sandra riss sie jeden Herbst heraus und pflanzte im Frühjahr eine neue. Das war teuer, aber so schwebten wenigstens ein paar blaue Blütenbälle über dem Immergrün. In diesem Jahr war sie spät dran, hatte nichts, um die Lücke zu füllen, und so konnte sie die Pflanze nur zurück-schneiden, denn nackte Hölzer waren immer noch besser als ein Loch. Der Rest der Grabpflege musste aufs Frühjahr verschoben werden.

Glockengeläut riss Sandra aus ihren Gedanken und mahnte sie zum Aufbruch. »Irgendwie haben wir nie genug Zeit füreinander, Mama«, sagte sie, während sie sich erhob. »Vielleicht sollte ich jemanden fragen, wie man Hortensien auf Gräbern zum Blühen bringt. Du hättest es gewusst.« Und in Gedanken fügte sie hinzu: *Aber du hast es für dich behalten. Wie alles andere auch.* Und warum hätte sie mit ihrer Mutter über Grabbepflanzung reden sollen? Hoffentlich schneite es bald. Schnee war hervorragend geeignet, um das Elend zuzudecken.

Der Herbstnebel hatte sich verflüchtigt und ein paar Sonnenstrahlen wagten sich an den Birkenstämmen und tiefhängenden Ästen der Trauerweiden vorbei, als Sandra zum Ausgang schritt.

Felix stand schon an der Tür und winkte, als sie ihr Fahrrad vor der Kita anschloss.

»Komm schnell, Mama, du musst gucken, was ich gebaut habe.«

Sandra rang sich ein Lächeln ab und ließ sich von ihrem Jüngsten an die Hand nehmen. Der Gruppenraum der *Marienkäfer* hatte sich bereits geleert. Frau Kaspert saß an ihrem Schreibtisch in der Ecke und warf ihr über den Brillenrand einen Blick zu.

»Entschuldigung«, sagte Sandra. »Ich war noch auf dem Friedhof. Es hat länger gedauert.«

Frau Kaspert seufzte übertrieben. »Tut mir leid, Frau Porath, aber ich muss das mal sagen. Sie sind die einzige Mutter, die ständig zu spät kommt. Und alle anderen sind berufstätig.«

Sandra wollte erwidern, dass es die Erzieherin gar nichts anginge, ob sie Arbeit hätte oder nicht, dass Kinder großziehen schließlich auch Arbeit wäre und überhaupt, andere Mütter interessierten sie nicht. Stattdessen sagte sie: »Entschuldigung! Es kommt nicht wieder vor.«

Felix zog sie in die Spielzeugecke. »Guck mal, ein Raumschiff. So eins wünsche ich mir zu Weihnachten.«

»Toll gemacht, mein Schatz.« Sandra nahm das Wunderbauwerk in die Hand und betrachtete es zufrieden lächelnd von allen Seiten. Felix würde eines bekommen. Sie hatte das ganze Jahr dafür gespart.

»Er hat Talent«, sagte Frau Kaspert in versöhnlicherem Ton. »Wäre schön, wenn er da gefördert würde.«

»Ich weiß«, antwortete Sandra. »Ich tue, was ich kann.«

»So meinte ich das ja nicht.«

»Ich muss los. Meine Tochter kommt gleich aus der Schule.«

Felix schwang sich auf sein Fahrrad und eilte wie immer voraus. Der Wimpel am Gepäckträger schwang im Takt seiner Bewegungen hin und her. Sandra erinnerte es an ihr Kaninchen aus Kindertagen, wie es mit Freudensprüngen über die Wiese hüpfte, wenn sie es aus dem Käfig gelassen hatte. Ob ihr mal jemand sagen würde, dass sie ihren Job als Mutter gut machte? Statt, dass alle an ihr herummeckerten und nur auf das hinwiesen, was in ihrem Leben fehlte? Das wusste sie doch selbst am besten. Und sie hatte es auch anders gewollt.

Kapitel 2

Sandra öffnete die Etagentür, stolperte über ihre Schuhe, kickte sie unter die Kommode und fiel — kaum dass sie sich umgedreht hatte — über Rucksack und Jacke von Felix, deren er sich an Ort und Stelle entledigt hatte. Ihr Ruf nach Ordnung verhallte an der Kinderzimmertür, hinter der er längst verschwunden war. Seufzend hängte Sandra seine Sachen an die Garderobe und nahm sich vor, ihn ab morgen besser zu erziehen. Heute, das verkündete ihr ein Blick auf die Uhr, war es höchste Zeit für Spaghetti mit Tomatensoße, bevor Marie aus der Schule kam.

Das Wasser füllte rauschend den Topf und gab Sandra für den Augenblick das Gefühl, wieder im Gleichtakt mit der Zeit zu sein. Da klingelte das Telefon.

Alexander war dran. Er wollte die Kinder am Wochenende holen. Nein, es war nicht sein Wochenende, aber er hatte nicht anders Zeit, und wenn es nicht passte, dann eben vor Weihnachten nicht mehr. Also stimmte Sandra zu, um der Kinder willen. Wie sollte sie ihnen auch erklären, dass sie ihren Vater vier Wochen nicht sehen würden? Weil Mama und Papa sich nicht einigen konnten?

Wütend legte sie den Hörer auf. Alexander machte es sich so verdammt einfach. Wie ein Major, der im Hauptquartier die Entscheidungen traf, die sie dann als Soldat an der Front auszukämpfen hatte.

Es klingelte wieder, diesmal war es die Haustür. Sandra öffnete und Marie stürmte herein. Ein

Rosa-Einhorn-Schulranzen landete auf dem Flur und wurde gleich darauf unter einer Jacke begraben.

»Was gibt es zu essen?«

»Spaghetti. Aber es dauert noch einen Moment. Hast du Hausaufgaben?«

»Ach Mann, ich hab aber Hunger.« Marie warf ihre Stiefel in hohem Bogen durch den Flur und stampfte zu Felix ins Kinderzimmer.

Sandras Protest erstickte im schlechten Gewissen. Sie seufzte. Auf der Kommode stand ein Bild ihrer Mutter, die im Badeanzug am Strand saß. Sandra legte es hin. »Jetzt nicht, Mama, jetzt nicht.«

Eine halbe Stunde später saß die Familie in der Küche.

»Das Raumschiff muss ich unbedingt haben«, sagte Felix mit vollem Mund.

»Ja, ich weiß. Du sagst es mir beinahe im Stundentakt.«

»Was ist ein Stundentakt?«

»Das ist …«

»Und ich wünsche mir das Puppenhaus«, fuhr Marie dazwischen. »Und die Kutsche.«

»Der Weihnachtsmann kommt ja auch bei Papa vorbei«, sagte Sandra und quälte sich ein Lächeln ab. Es war grässlich, auf Alexander zu hoffen. Seit er seine »große Liebe« getroffen hatte, waren die Kinder nur noch ein lästiges Anhängsel für ihn. Plötzlich warf seine Firma nichts mehr ab. Es täte ihm ja auch leid, aber schließlich hätte er ihr alles gelassen, Wohnung und Möbel. Und seine neue »Prokuristin« würde nun mal 'ne Menge Geld kosten. Besonders auf Reisen, fügte Sandra im Stillen hinzu, und im Bett.

Ihr selbst war trotz unzähliger Bewerbungen nur der Gang zum Amt geblieben. Die nett gemeinten Abschiedsworte der Personaler, »Melden Sie sich, wenn Ihre Kinder größer sind«, änderten nichts an Hartz IV.

Nach dem Essen ging Sandra zur Kommode, stellte das Bild ihrer Mutter wieder auf und öffnete die oberste Schublade. Alles, was im Flur verschwinden musste, landete hier. Das perfekte Versteck für ihre Ersparnisse, wer suchte schon unter Schmierzetteln und Werbung nach Geld? Sie wollte es nur kurz in ihren Händen halten, brauchte unter der Last der Weihnachtserwartungen die Säule der Gewissheit, dass es noch da war, und hob die Papiere an — aber dort lag nichts. Erschrocken wühlte sie den Inhalt durch. Dann fiel es ihr ein. Natürlich! Sie hatte das Geld eingesteckt, weil sie eigentlich gleich nach dem Friedhof etwas besorgen wollte.

Erleichtert schaute sie in ihren Rucksack — keine Geldbörse. Jackentasche, Hosentasche … Sandra klopfte über ihren Körper. Irgendwo musste die erlösende Verhärtung unter dem Stoff doch sein. »Bitte nicht«, flüsterte sie. »Nicht mein Portemonnaie.«

»Mama!«, tönte es aus dem Kinderzimmer. »Komm mal!«

Hastig putzte Sandra sich die Nase. »Gleich.«

»Hast du geweint?« Plötzlich stand Marie vor ihr.

»Nein, ich … hab was im Auge. Ich komm gleich.«

»Gehen wir heute ins Schwimmbad?«

»Heute nicht.«

»Dann rufe ich Lisa an. Darf sie zu mir kommen?«

»Muss das sein?«

»Biiittee!«
»Aber ihr geht auf den Spielplatz.«

Kapitel 3

»Verloren?« Andreas Stimme klang entsetzt. »Und nun? Du brauchst doch das Geld.«

»Der Personalausweis ist auch weg.«

»Hast du überall gesucht?«

»Es muss mir aus der Tasche gefallen sein, als ich auf dem Friedhof war.«

»Fahr nochmal hin. Vielleicht wurde es abgegeben.«

»Kannst du die Kinder nehmen?«

»Tut mir leid, bei mir geht es heute nicht. Frag Alexander.«

Sandra verdrehte die Augen. Als wenn ihre Freundin nicht wüsste, was die Stunde geschlagen hatte. »Witzig.«

»Früher war er so nett. Ich würde dir helfen, wenn ich könnte.«

»Weiß ich doch.«

Sandra legte auf. Andrea hatte recht. Sie musste die Geldbörse auf dem Friedhof suchen. Aber mit Kindern war es schwierig und außerdem wollte Maries Freundin kommen.

»Mama, bringst du mich zu Lisa?«

Sandra zuckte zusammen. Sie hatte ihre Tochter nicht kommen hören. »Ich denke, sie kommt hierher?«

»Ich gehe zu ihr. Hab ich dir doch gesagt. Du hast nicht zugehört.«

»Tut mir leid. Ich bringe dich hin.«

Zweimal am Tag zum Friedhof. Das war wie zweimal am Tag zum Zahnarzt. Oder ständig an etwas erinnert werden, das man vergessen wollte, weil man es einfach nicht verstand.

»Was suchen wir denn, Mama?« Felix war eifrig dabei, die Buchsbaumhecke zu durchforsten.

»Meine Geldbörse. Pass bitte mit den Pflanzen auf.«

»Ist die weg?«

»Vielleicht liegt sie hier irgendwo.«

»War dein Geld dadrin?«

»Ja.«

»Alles?«

»Nein. Alles nicht.« Das war nicht mal gelogen, denn einen Notgroschen verwahrte Sandra in der Küchenschublade. Und die zwanzig Euro mussten jetzt bis zum Ende des Monats reichen. Es gab Schlimmeres.

»Hier ist nichts«, stellte Felix schließlich fest.

»Nein. Ich suche zu Hause weiter. Komm, wir müssen Marie holen.«

»Glaubst du, Oma hat die Geldbörse versteckt?«

»Unterm Grabstein?«

»Soll ich da gucken?« Felix wollte sich sofort ans Graben machen.

»Oma kann das Portemonnaie nicht haben. Sie ist doch im Himmel.«

Felix sah sich um das Buddelvergnügen gebracht und machte einen Schmollmund. »Ach so.«

»Und sie hätte uns niemals etwas weggenommen.«

»Nicht?«

»Nein.« Woher sollte Felix wissen, dass seine Großmutter eine herzensgute Frau gewesen war? Ein wenig zu traurig, ja, und schweigsam, aber immer bemüht, für Sandra dazusein. Sie war kurz nach seiner Geburt gestorben. Und sie würde Geld vom

Himmel regnen lassen, wenn sie könnte. Aber soweit reichte die Macht der Toten nicht.

Am Friedhofstor trafen sie den Pastor. Sandra erkannte ihn zunächst nur am weißen Kragen, doch dann erinnerte sie sich auch an sein freundlich-warmes Gesicht.

»Hallo Frau Porath«, begrüßte er sie. »Wie geht es Ihnen?«

»Sie kennen mich noch?«

»Aber sicher.«

»Hatten Sie hier ... äh, zu tun?«

»Jaja, ich hatte eine Beerdigung. Was für ein merkwürdiger Zufall! Ich habe gerade heute Morgen an Sie gedacht.«

»Tatsächlich?«

Er musterte ihr Gesicht. »Sie sehen mitgenommen aus.«

»Es ist gerade alles etwas viel. Aber danke.«

Er räusperte sich. »Der Fall Ihrer Mutter ist mir damals sehr zu Herzen gegangen. Sie hatte Bauchspeicheldrüsenkrebs, nicht wahr?«

»Ja.«

»Wenn Sie reden wollen ...« Er zog eine Visitenkarte aus der Tasche. »Rufen Sie mich an.«

Sandra wollte erwidern, dass sie wirklich keinen Bedarf hatte, mit einem Pastor zu sprechen, aber da hatte sie die Karte schon in der Hand und murmelte nur: »Danke.«

»Sie können jederzeit kommen.«

»Danke, aber ...«

»Ich erinnere mich noch, dass Sie es nicht wussten ...«

»Ich muss weiter. Auf Wiedersehen Herr Pastor.« Als wenn Gott oder einer seiner Vertreter etwas an ihrer Lage ändern könnte. Sandra fasste Felix fester und wandte sich ab.

»Auf Wiedersehen«, hörte sie ihn noch sagen. »Ich meine es ernst. Ich habe Zeit für Sie.«

Kapitel 4

»Warum willst du denn nicht mit ihm reden. Das ist doch nett.« Andrea sah wie immer kein Problem, wie offensichtlich es auch war.

»Meine Mutter war bei ihm.«

»Und?«

»Sie kannten sich. Er wusste davon, weißt du? Er wusste es und ich nicht. Nein danke, kein Bedarf.«

»Komm schon, er hat Schweigepflicht. Selbst wenn er was gewusst hat, durfte er nichts sagen.«

»Ich weiß. Aber gibt es nicht auch eine moralische Pflicht?«

»Gib ihm doch eine Chance.«

Sandra seufzte in den Telefonhörer. »Sag mir lieber, wie ich mein Portemonnaie finden soll.«

»Dir bleibt nur eines. Du musst zum Jobcenter und um Kredit bitten. Das machen die bei dringenden Sachen.«

»Und wie dringend sind Weihnachtsgeschenke?«

»Nimm's mir nicht übel, Sandra, aber so langsam …«

»Was?«

»Du musst auch an deine Kinder denken.«

»Was?«

»Könntest du wieder normal werden.«

Normal? Wütend legte Sandra den Hörer auf. Andrea meinte es nicht böse, aber das hatte gesessen. Am meisten tat weh, dass Sandra selber wusste, dass es so nicht weitergehen konnte. Seit vier Jahren lag die Trauer wie eine Eisdecke über ihrem Leben, hatte alles unter sich eingefroren. Alexander war gegangen, weil er »nicht ewig auf bessere Zeiten warten wollte«. Und das hatte es noch schlimmer gemacht. Aber war das unnormal? Wahrscheinlich, denn so fühlte es sich an.

Sie schaute auf die Visitenkarte des Pastors, die sie neben das Bild ihrer Mutter gelegt hatte. Plötzlich wirkte es wie eine geheime Absprache zwischen den beiden. Nein, sie würde ihn niemals anrufen, nicht mal seinen Namen lesen. Und zum Jobcenter konnte sie erst nächste Woche. Wenn sie überhaupt so schnell einen Termin bekam.

Als die Kinder im Bett waren, holte Sandra das Fotoalbum hervor. Ihre Mutter lächelte auf den Bildern. Sie zeigten sie gemeinsam beim Eislaufen, an der Ostsee, zur Einschulung, im Garten. Es waren Zeugen einer eigentlich glücklichen Kindheit. Ihre Mutter hatte sich bemüht, ihr Liebe und Zeit zu schenken — und die Lücke zu füllen, die ihr Vater hinterlassen hatte, als er wegen einer Jüngeren verschwand.

Seit Sandras fünftem Geburtstag waren sie allein gewesen. Keine Geschwister. Keine Onkel oder Tanten. Der Vater tauchte irgendwann wieder auf und wohnte in der Nachbarstadt. Aber er blieb ein Fremder, und als er an einem Herzinfarkt starb, hinterließ er keine Lücke.

Das war, bevor sie Alexander kennenlernte.

Und nun war Sandra selbst die Mutter, die Einzige für ihre Kinder. Ihr Traum, endlich eine »vollständige« Familie zu sein, war genauso plötzlich zerbrochen, wie ihre Mutter gestorben war.

Sandra klappte das Album zu. Wieder normal werden? Wie denn, wenn man nicht wusste, warum man sich so unnormal fühlte?

Sie kochte sich einen Tee und schaltete den Fernseher ein. Im ZDF lief eine Krankenhaus-Comedy-Serie. Genau richtig, um sich abzulenken.

Frau Gutzeit im Jobcenter hatte in der folgenden Woche einen Termin frei. Das war früh genug, um noch vor Weihnachten an Geld zu kommen, und spät genug, um sich auf den »Gang nach Canossa« vorzubereiten.

»Stimmt es, dass dein ganzes Geld weg ist«, hatte Marie beim Frühstück gefragt.

»Nein«, hatte Sandra geantwortet, »nicht alles.«

»Und was wird aus Weihnachten?«

»Das erledigt der Weihnachtsmann«, hatte Felix an Sandras statt geantwortet.

Sandra seufzte. *Wenn's doch so wäre!* Und mit diesem Gedanken brachte sie Felix in den Kindergarten.

Der Wäscheberg starrte sie an, als sie die Wohnung für sich allein hatte, aber Sandra beschloss, erstmal einen Kaffee zu trinken. Auf dem Wohnzimmertisch lag der Adventskranz, bereit, am Sonntag — das war übermorgen — das erste Licht entzünden zu lassen. Sandra rang mit sich, ihn besser gegen die Wand zu werfen, als es klingelte.

Kapitel 5

Vor der Tür stand der Mann mit dem weißen Kragen und lächelte sie freundlich an. »Entschuldigen Sie den Überfall, aber …«

»Mit Ihnen habe ich ja gar nicht gerechnet.«

»Ich will Sie nicht aufhalten …«, er fasste in seine Tasche, »aber es wurde etwas für Sie abgegeben«, zog den angekündigten Gegenstand heraus, »und ich dachte, ich bringe es vorbei.«

Sandra starrte auf ihre Geldbörse. »Oh … wo haben Sie die denn gefunden?«

»Es war ein Friedhofsbesucher. Sie haben sie sicher schon vermisst.«

»Allerdings.« Urplötzlich griff sie danach, als würde das Portemonnaie sich auflösen, wenn sie es nicht sofort an sich riss. Im nächsten Augenblick war ihr die heftige Reaktion peinlich. Entschuldigend lächelte sie den Pastor an. »Ich hatte eine schlaflose Nacht deswegen.«

»Das kann ich mir vorstellen. Ich habe nicht hineingesehen, Ihr Name steht ja gleich vorne dran.«

»Vielen Dank.«

»Darf ich reinkommen?«

Sandra wünschte sich, er würde schnell wieder gehen, aber sie trat zur Seite. »Bitte.«

Mit dem schwarz gekleideten Mann darin wirkte ihr Flur sehr klein. Die Schuhe lagen wie Brandmarken auf dem Boden herum. Sandra beeilte sich, sie zur Seite zu schieben.

»Lassen Sie doch, Frau Porath. Ich habe auch Kinder. Ich weiß, wie das ist.«

»Oh, wirklich?« Irgendwie konnte sie sich diesen Mann in so einem Chaos nicht vorstellen.

»Ich sage immer: Der Mensch ist zum Mond geflogen, aber wirklich nützliche Dinge, wie selbstreinigende Kinderzimmer, wurden noch nicht erfunden.«

Sandra lachte. »Ich habe mir gerade einen Kaffee aufgesetzt. Möchten Sie auch?«

»Sehr gern.«

Ihr Blick streifte das Bild ihrer Mutter mit der Visitenkarte daneben. *Warst du das, Mama?*

Es war merkwürdig mit dem Mann, auf den sie so brennend eifersüchtig war, auf ihrem Sofa zu sitzen. Und dann war er auch noch so nett. Und menschlich. Er schlürfte seinen Kaffee. Hallo. Wie gewöhnlich war das denn?

»Ich weiß gar nicht, ob Sie sich an meinen Namen noch erinnern«, eröffnete er das Gespräch. »Ich heiße Sünder.«

Sandra verschluckte sich fast. »Nein, äh ... ein merkwürdiger Name für einen Gottesmann.«

»In der Tat. Mal ist er nützlich, mal hinderlich. Wenn ich auf meine Vorgesetzten treffe, ist es nicht sehr schön, ständig mit Sünder angesprochen zu werden.«

»Das glaube ich.« Sein weißer Kragen sah plötzlich anders aus, als hätte er einen kleinen Fleck bekommen. »Darf ich Sie etwas fragen?«

»Alles.«

»Haben Sie von der Krankheit meiner Mutter gewusst? Ich meine ... vorher?«

»Nun.« Er stellte seine Kaffeetasse ab. »Nicht wirklich, nein. Wie soll ich es sagen?«

»Ich weiß, dass Sie schweigepflichtig sind.«

Er nickte. »Über den Tod hinaus. Aber ich breche das nicht, wenn ich sage, ich habe es geahnt.«

»Inwiefern?«

»Ihre Mutter wollte ihr Leben ordnen, ihr Haus bestellen, sozusagen. Das ist typisch für Menschen, die auf ihr Ende blicken.«

»Sie können mir nicht sagen, was sie Ihnen erzählt hat?«

»Leider nein.«

Da war sie wieder, die brennende Eifersucht auf diesen Mann, der etwas von ihrer Mutter hatte, das ihr versagt blieb.

»Sie wussten nichts von der Krankheit«, sagte er.

»Im Gegenteil. Ich erfuhr es eine Woche vor ihrem Tod. Da hatte ich sie länger nicht gesehen und mein Sohn war gerade einen Monat alt.«

»Das ist hart.« Er schwieg einen Moment. »Ich verstehe, dass Sie sich fragen, warum.«

»Können Sie es mir sagen?«

»Ich wünschte, es wäre so. Aber ich weiß es wirklich nicht.« Er trank seinen Kaffee aus. »Es tut mir leid, Frau Porath, ich muss weiter. Wir können das Gespräch fortsetzen, wenn Sie wollen. Rufen Sie mich an oder kommen Sie einfach vorbei.«

Als er gegangen war, nahm Sandra das Portemonnaie und öffnete es. Hinter dem Sichtfenster klemmte ihr Personalausweis. Es schien wie ein Wunder, dass sie es wieder in ihren Händen hielt. Für den Moment fielen die Sorgen von ihr ab. Dann schaute sie in das Geldscheinfach — es war leer.

Leer? Das konnte nicht sein! Entsetzt fühlte sie mit den Fingern über das Futteral, es musste sich um eine Sinnestäuschung handeln. Nichts. Absolut nichts. Lediglich die Münzen, drei Euro vierundsiebzig, hatte der »Finder« ihr gelassen. Wie gnädig, wenn man zweihundert Euro erbeutet hatte. Wütend schleuderte sie es an die Wand.

Kapitel 6

Vermutlich gehörte es zu den Naturgesetzen, dass Kinder immer dann krank wurden, wenn es überhaupt nicht in den Kram passte. Sandra hatte Zweifel, ob die plötzlichen Bauchschmerzen von Marie und Felix wirklich einem Infekt geschuldet waren oder ob Neugier sie appetitlos machte. Denn der Gang zum Jobcenter würde offenbaren, ob es Weihnachten Geschenke gab oder nicht. Und weil der Termin feststand, blieb Sandra nichts anderes übrig, als morgens um acht mit notdürftig gerichteten Haaren und beiden Kindern zum Amt zu fahren.

Sandra ergatterte den letzten freien Stuhl im Wartezimmer. Die schlaflose Nacht war ihr ins Gesicht gezeichnet. Sie hoffte, dass nicht noch mehr darin zu lesen war. Es musste nicht jeder wissen, dass ihr gefühlsmäßig ein Offenbarungseid bevorstand.

Sie lehnte sich zurück und schloss die Augen. Einen Moment hoffte sie, so der Realität zu entfliehen, doch zu nah war das, was gleich käme. Besser sie lenkte sich mit einem Blick in die Runde ab. Die meisten Wartenden waren in eine Zeitschrift vertieft. Männer und Frauen jeden Alters saßen hier, alles potenzielle Faulpelze, wenn man mancher öffentlichen Meinung glauben durfte. Alles Menschen, die die Hoffnung nicht aufgeben wollten, dass dieses Land doch noch einen Platz für sie haben würde — irgendwann.

Gegenüber saß ein Mann, etwa in ihrem Alter, mit wuscheligem braunem Haarschopf. Sie bemerkte, dass er über den Rand seiner Zeitung zu ihr hinüberlugte. Seiner Kleidung nach bezog er schon länger Hartz IV, seinem Gesicht nach schien er in eine andere Welt zu gehören. Aber gehörten sie das nicht alle?

Sandra kam nicht dazu, länger darüber nachzudenken. Ihre Nummer blinkte auf der Anzeigetafel. Sie nahm Felix und Marie an die Hand und begab sich zu Zimmer 215.

Frau Gutzeit war stets freundlich korrekt, so wie man vielleicht sein musste, wenn man im Jobcenter arbeitete. Konzentriert hörte sie sich Sandras Anliegen an und schüttelte dann den Kopf.

»Tut mir leid, Frau Porath, da kann ich nichts machen. Für solche Fälle hat der Gesetzgeber keinen Kredit vorgesehen. Wenn Sie Mietschulden hätten oder Ihr Strom wäre abgestellt. Aber Weihnachtsgeschenke? Das ist keine Notlage.«

»Vor dem Gesetz nicht, nein.«

»Wie sieht es denn mit einer Arbeitsstelle aus? Haben Sie sich beworben?«

»Das habe ich. Bei drei Firmen.«

»Brauchen Sie Unterstützung bei der Kinderbetreuung?«

»Nein. Nur Absagen.«

»Das wird schon. Ihre Kinder werden größer. Sie haben beste Referenzen.« Frau Gutzeit lächelte und Sandra sah das erste Mal so etwas wie Wärme in ihrem Gesicht. »Kann ich sonst noch was für Sie tun?«

»Nein, das ist alles.«

»Trotzdem frohe Weihnachten.«

Als Sandra die Tür zum Zimmer 215 hinter sich schloss, konnte sie die Tränen nicht mehr zurückhalten.

»Das macht doch nichts, Mama.« Felix schluckte tapfer. »Ich kann mir ein Raumschiff basteln.«

Das gab Sandra den Rest. Sie drückte ihre Kinder an sich und schluchzte. *Reiß dich zusammen. Das darfst du ihnen nicht antun.* »Ja«, sagte sie schließlich und richtete sich auf. »Vielleicht passiert ja noch ein Wunder.«

Als sie hinausging, sah sie aus dem Augenwinkel, wie der Mann mit den Wuschelhaaren zu ihr hinüberschaute. In seinem Blick lag Mitgefühl und auch so etwas wie Wissen. Er wusste, wie es war, wenn man finanzielle Not hatte. Das ließ erneut die Tränen in ihr hochschießen.

»Kein Kredit?« Es war nicht Andreas Stimme, die es wie Kreidequietschen an der Tafel klingen ließ, es waren die Worte selbst.

»Weihnachtsgeschenke sind keine Notlage«, antwortete Sandra in den Telefonhörer.

»Heilige Scheiße! Ich habe noch dreißig Euro. Eigentlich wollte ich … nein, du kannst sie haben, wirklich.«

»Schon gut. Lieb von dir, aber ich komme klar.«

»Kommst du nicht.«

»Es ist ja noch Zeit.«

»Sag Bescheid, wenn es nicht geht, ja? Auf jeden Fall sehen wir uns nach Weihnachten.«

»Ich sag Bescheid.« Nichts würde Sandra sagen. Andrea war Frührentnerin und lebte von Grundsicherung. Sie half Sandra schon oft genug aus.

Gedankenverloren betrachtete sie die Visitenkarte, als sie aufgelegt hatte. Jetzt brauchte sie eine Tasse Kaffee.

Kapitel 7

Maries Bauchschmerzen hatten sich am nächsten Morgen verflüchtigt, doch die von Felix hielten an, obwohl er bei bester Gesundheit zu sein schien. Sandra vermutete, dass er sie mit ihrem Kummer nicht allein lassen wollte. Dabei hätte sie doch diejenige sein sollen, die tröstete. So blieb ihr nichts anderes übrig, als ihn mitzunehmen. Zum Nachmittag hatte sie den Kindern versprochen, dass sie gemeinsam Kekse für den zweiten Advent backen würden, und dafür mussten noch ein paar Besorgungen gemacht werden.

Die Weihnachtsblasmusik schallte aus den Lautsprechern über den Marktplatz, als Sandra und Felix an der Kirche vorbei in die Fußgängerzone abbogen. Die Buden standen wie Perlen aufgereiht. Teddys, Lichter, Holzspielzeug, Mutzen- und Mandelduft und allerlei Süßigkeiten lockten die Besucher zum Verweilen. Sandra versuchte, rasch daran vorbeizuschreiten, aber Felix blieb stehen und schaute sehnsuchtsvoll auf die Auslagen.

Sandra zog ihn weiter zum Kaufhaus. Auch hier war alles überladend auf Weihnachten getrimmt. In der Schmuckecke konnte sie selbst nicht widerstehen und betrachtete ein Paar Ohrringe.

Felix' Blick schweifte zu einem Wühltisch mit Lego hinüber und unter dem Diktat des Angebotes war seine Einsicht in die Realität vergessen. »Mama, ich wünsche mir unbedingt ein Raumschiff zu Weihnachten. Alle meine Freunde haben eins.«

Sandra seufzte. »Ich weiß, mein Schatz. Es tut mir leid. Dieses Jahr kann es nur sehr kleine Geschenke geben.«

Felix fasste ihre Hand. »Wünsch dir doch vom Weihnachtsmann ein neues Portemonnaie. Der bringt dir bestimmt eins.«

»Ja, vielleicht tut er das.« Sandra hatte den Kindern nicht erzählt, dass die Geldbörse ohne Inhalt wieder aufgetaucht war. Gestohlen klang noch schlimmer als verloren. »Aber dann ist ja schon Weihnachten. Da kann man nichts mehr kaufen.«

»Und wenn wir nochmal überall suchen?«

»Es wird trotzdem ein schönes Fest. Du wirst sehen.« Sie schaute wieder zu den Ohrringen, da bemerkte sie unweit von sich einen Mann, der unverhohlen zu ihr hinüberstarrte. Mit einem Was-wollen-sie-von-mir-Blick starrte sie zurück.

Doch er trollte sich nicht und kam lächelnd auf sie zu. »Bitte entschuldigen Sie, dass ich Sie so anstarre. Waren Sie nicht gestern bei der ARGE?«

Augenblicklich erkannte Sandra ihn an seinem Wuschelhaar. Ihr Herz begann zu pochen. Fürchtend, dass er ihr Erröten sah, wog sie für den Moment ab, schnell weiterzugehen. Dann lächelte sie zurück. »Ja, stimmt. Ich habe Sie dort gesehen. Konnten Sie etwas erreichen?«

»Wenn man so will. Ich brauchte einen Termin.«

Sie lachten beide und plötzlich gab es ein Gefühl der Gemeinsamkeit.

»Habe ich richtig gehört, dass Sie Ihre Geldbörse verloren haben?«

Sofort war der Zauber verflogen. Sandra warf einen flüchtigen Blick Richtung Ausgang. Aber warum sollte sie sich nicht anvertrauen? Sein Interesse schien aufrichtig. »Ja, leider. Mit zweihundert Euro. Mein ganzes Erspartes für Weihnachten. Ich habe beim Jobcenter gefragt, ob ich nicht wenigstens ein Darlehen bekommen könnte. Fehlanzeige.« Rasch wischte sie eine Träne beiseite. Da sah sie, wie der Wuschelhaarmann in seinen Mantel griff. Sie fürchtete, dass er irgendein Almosen herausziehen würde. Aber seine Hand blieb verborgen.

»Darf ich Sie und Ihren Jungen auf einen Kaffee einladen?«

Wollte er das Almosengeben auf später verschieben? »Sie bekommen doch auch Hartz IV. Wir können uns so etwas nicht leisten.«

»Stimmt. Aber ich habe niemanden, den ich beschenke. Also ist ein Kaffee schon drin. Würden Sie mir die Freude machen?«

Sandra spürte, wie Felix auffordernd ihre Hand drückte. »Wenn das so ist, dann gerne.«

Der Mann strahlte sie an. Er führte sie ins Restaurant im fünften Stock, kaufte am Selbstbedienungstresen zwei Kaffee, für Felix eine Limo und brachte sie dann zu einem Tisch nahe der Spielecke.

Schweigend tranken sie ein paar Schlucke, dann sagte er: »Würden Sie mir den Gefallen tun und hier auf mich warten? Bitte gehen Sie nicht weg. Ich komme ganz bestimmt gleich zurück.«

Wollte er sie verschaukeln? Sandra zog die Augenbrauen hoch, doch sein bittender Blick ließ sie nicken. »Gut, ich warte. Aber lassen Sie mich nicht sitzen.«

»Ich habe schon viele Fehler gemacht. Das wird kein weiterer von mir.«

Kapitel 8

Sandra wartete. Sie schaute Felix beim Spielen zu, schlürfte ihren Kaffee, beobachtete das bunte Treiben an den anderen Tischen und begann gerade, sich vergessen zu fühlen, als der Wuschelhaarmann zurückkam.

Er tat, als würden sie sich das erste Mal begegnen, und deutete eine Verbeugung an. »Gestatten. Mein Name ist Johannes Bublitz. Darf ich mich zu Ihnen setzen?«

Sandra wurde rot. Es war eine Ewigkeit her, dass ein Mann ihr Aufmerksamkeit geschenkt hatte, und das Gefühl dazu hatte sie beinahe vergessen. »Gerne. Bitte sehr. Mein Name ist Sandra Porath. Mein Sohn heißt Felix und meine Tochter Marie ist in der Schule.«

Er setzte sich. Sein Kaffee war längst kalt, trotzdem nahm er einen kräftigen Schluck, bevor er in seine Manteltasche griff und einen Gegenstand auf den Tisch legte.

»Ein vergoldeter Schlüssel?« Verwundert nahm Sandra ihn in die Hand. »Sieht aus wie von einem Bahnhofsschließfach.«

Johannes lächelte geheimnisvoll. »Er schließt die Weihnachtsfreude auf. Das hat der Mann behauptet, der ihn mir geschenkt hat. Ich möchte, dass Sie ihn nehmen. Der Juwelier gegenüber gibt Ihnen hundert Euro dafür.«

Sandra legte den Schlüssel auf den Tisch und schob ihn zu Johannes rüber. »Das kann ich auf keinen Fall annehmen.«

»Das können Sie auf keinen Fall ablehnen. Ihr Sohn wünscht sich ein Raumschiff. Alle seine Freunde haben eins.« Er schob den Schlüssel zurück und berührte dabei ihre Hand. Sie warf ihm einen Blick zu. Er schien es ernst zu meinen.

»Aber ich kenne Sie gar nicht. Und was ist mit Ihnen? Wenn Sie niemanden zum Beschenken haben, brauchen Sie nicht selbst Weihnachtsfreude?«

»Um mich kümmert sich gerade der Allerhöchste persönlich.«

»Sind Sie etwa Pastor oder so?«

»Nein, bestimmt nicht.«

»Und wie kümmert Gott sich um Sie?«

Er begann zu erzählen. Wie er seine Freundin verloren hatte, depressiv wurde, seine Firma aufgeben musste und dann Hartz IV bekam. Von ganz oben nach ganz unten im freien Fall. Er war auf der Suche. Aber wonach? Frieden? Glaube? Seine Geschichte war so anders als Sandras, und trotzdem fühlte sich ihr Schicksal ähnlich an. [Johannes' Geschichte wird in »Wunder kommen leise« erzählt.]

Als Sandra sich schließlich erhob, hatte sie den Schlüssel längst eingesteckt. »Danke, Sie haben mein Weihnachten gerettet.«

Er war plötzlich bis über beide Ohren errötet. »Darf ich Sie um Ihre Telefonnummer bitten? Sie haben mir die ganze Zeit zugehört. Jetzt schulden Sie mir noch Ihre Geschichte.«

»Wenn das so ist …« Sie fürchtete, dass er ihr Herz pochen hörte, als sie einen alten Kassenbon aus der Tasche kramte und ihre Nummer darauf kritzelte. »… dann müssen wir uns wiedersehen.«

Er nahm den Zettel und hielt ihre Hand zum Abschied ein wenig länger, als nötig gewesen wäre. »Ich rufe Sie an.«

»Danke für den Kaffee. Und den schönen Vormittag.«

Vor dem Juwelierladen zögerte Sandra. Hatte er nicht gesagt, dass es der Schlüssel zur Weihnachtsfreude wäre? War es richtig, ihn gleich wieder wegzugeben? Vielleicht konnte er mehr aufschließen als nur die Kasse des Juweliers. Aber was sollte das sein? Sandra wusste es nicht. Noch nicht. Entschlossen steckte sie ihn wieder ein.

»Erzähl mir alles ganz genau.«

Klar, dass Andrea sich mehr für den Wuschelhaarmann interessierte als für einen ominösen Schlüssel. Aber Sandra hatte keine Lust, allzu genau zu berichten. Vielmehr wollte sie es in ihrem Herzen bewahren. Wie ein junges Pflänzlein, das den Schutz der Glaswände noch brauchte. Und von dem man nicht genau wusste, ob es anwachsen würde.

»Und warum hast du den Schlüssel nicht verkauft?«, wollte Andrea wissen.

»Erstmal werde ich ihn dem Pastor zeigen.«

»Was hat der denn damit zu tun?«

»Wenn es der Schlüssel zur Weihnachtsfreude ist, muss der Pastor doch wissen, wie man ihn benutzt. Hast du im Religionsunterricht nicht aufgepasst?«

»Sandra, so langsam solltest du …«

»Sag es nicht.«

»… normal werden.«

»Ich weiß.«

Kapitel 9

Das Pastorat lag außerhalb der Stadt unweit des Friedhofs. Sandra hatte sich auf den Weg gemacht, nachdem sie Felix in der Kita abgegeben hatte. Nun stieg sie mit klopfendem Herzen die Treppen hinauf und fragte sich leise, was genau sie eigentlich hier wollte.

Pastor Sünder hatte sofort für den nächsten Tag zugesagt, als sie ihn am Vorabend angerufen hatte. Er begrüßte sie mit einem warmen Lächeln, drückte ihr die Hand und führte sie in sein Arbeitszimmer.

»Kaffee?«, fragte er und zeigte auf die bereitgestellte Thermoskanne.

»Gerne. Mit Milch, bitte.« Sandra setzte sich in einen der beiden Ohrensessel. Sie wusste nicht, wie sie sich ein Pastorat vorgestellt hatte. Die gelben Vorhänge hinter dem dunkelbraun lasierten Schreibtisch strahlten Wärme aus.

»Ich freue mich, dass Sie da sind«, eröffnete Pastor Sünder das Gespräch. »Schauen Sie sich ruhig um.«

»War meine Mutter oft hier?«

»Einige Male.«

»Ich habe einen Schlüssel geschenkt bekommen. Der Geber sagte mir, er schließt die Weihnachtsfreude auf. Ich dachte, Sie könnten mir sagen, wie man ihn benutzt.«

»Zeigen Sie ihn mal.«

Sandra kramte den Schlüssel heraus und legte ihn auf den Tisch.

Pastor Sünder betrachtete ihn. »Ah, einer von diesen, ja? Dass die immer noch im Umlauf sind. War mal eine Aktion verschiedener Kirchen.« Er schaute Sandra direkt in die Augen. »Fehlt Ihnen Weihnachtsfreude?«

»Äh … ja … ich glaube schon.«

»Und nun soll ich Ihnen sagen, wie man sie bekommt?«

»Sie kennen sich doch aus … mit Weihnachten und so.«

Pastor Sünder schmunzelte. »Das sollte man meinen.«

»Ich könnte ihn einlösen für hundert Euro. Dann kann ich Weihnachtsgeschenke kaufen.«

»Aber darum geht es nicht.«

»Nein.«

»Vielleicht ist für Freude noch nicht der richtige Zeitpunkt.«

»Was meinen Sie?«

»Sie vermissen Ihre Mutter.«

Sandra spürte ihre Augen feucht werden. »Sehr.«

»Trauer braucht ihre Zeit.«

»Wie viel Zeit? Es ist vier Jahre her und fühlt sich an, als wäre sie gestern gestorben.«

»Wenn ein Mensch stirbt, nimmt er eine ganze Welt mit sich. Die Welt Ihrer Mutter — ihre Weisheiten, ihre Erinnerungen, ihre Geheimnisse. Alles hat sie mitgenommen. Und Sie müssen Ihr Leben neu einrichten. Ohne sie.«

»Es wäre einfacher ohne die vielen Fragen.«

»Manchmal hilft es, wenn man sie nur ausspricht. Wollen Sie mir Ihre Fragen stellen?«

»Aber … Sie dürfen mir nicht antworten.«

»Ich darf Ihnen zuhören.«

Sandra atmete aus. »Warum ist mein Vater gegangen? War es wirklich wegen einer Jüngeren? Wissen Sie es?«

»Nein. Das weiß ich nicht.«

»Und wenn doch, würden Sie es mir nicht sagen, nicht wahr?«

»Wie wäre es, wenn Sie Gott Ihre Fragen stellen?«

»Damit einer mehr mich anschweigt? Wie soll er mir antworten? Er spricht nicht, man sieht ihn nicht.«

»Und doch hat er Möglichkeiten.«

»Versuchen Sie, mich zu bekehren?«

»Bestimmt nicht. Glaube ist eine Herzenssache und nur Sie allein bestimmen, wem Sie Ihre Herzenstür öffnen.«

Sie schwiegen für den Moment.

»Darf ich Sie auch etwas fragen?«, nahm Pastor Sünder das Gespräch wieder auf.

»Ja, gerne. Aber ich weiß nicht, ob ich antworten kann.«

»Wie geht es Ihrer Schwester?«

»Verwechseln Sie etwas? Ich habe keine Schwester.«

Pastor Sünder zog die Stirn kraus. »Ich meine Katie, Katharina Rosenzweig.«

»Ich kenne keine Katharina … Rosenzweig.«

»Ich bin mir sicher, dass sie so heißt. Sie wohnt im Haus Horizont. Wie kann es sein, dass Sie …«

Sandra stellte mit einem nachdrücklichen Geräusch ihre Kaffeetasse auf den Tisch. Sie fühlte den Boden unter sich schwanken. »Ich muss jetzt gehen.«

Pastor Sünder erhob sich. In seinem Gesicht stand ein Fragezeichen geschrieben. »Kommen Sie wieder, wann immer Sie wollen.«

»Danke.«

Mit zitternden Händen öffnete Sandra ihr Fahrrad-schloss. Katharina Rosenzweig im Haus Horizont. Nein, das musste ein Irrtum sein. Ihre Mutter hätte ihr niemals eine Schwester verschwiegen. Niemals.

Kapitel 10

Sandra fuhr direkt zum Friedhof. Sie hatte sich vom Besuch im Pastorat Antworten erhofft. Nun starrte sie auf den Grabstein. *Schlomeyer, geb. Rosenzweig.* Ihre Hand hielt den Schlüssel umkrampft. Weihnachtsfreude? Es war, als wäre die für immer aus ihrem Leben ausgesperrt. Jetzt könnte sie wirklich jemand Allwissendes gebrauchen.

Sandra kannte Haus Horizont. Es lag am anderen Ende der Stadt. Sie blätterte im Telefonbuch nach der Nummer und tippte sie mit zittrigen Händen in den Hörer. Doch als die freundliche Stimme der Rezeptionistin erklang, murmelte sie ein ersticktes »Verwählt« und legte hastig wieder auf.

Noch einmal versuchte sie es, diesmal mit Andreas Nummer. Doch bevor überhaupt das Freizeichen ertönte, drückte sie die rote Hörertaste. Nein, sie wollte jetzt keine Fragen beantworten. Sie wollte einfach nur ... sie wusste es nicht.

Der Uhrzeiger sprang auf fünf vor zwölf. Verdammt, sie hatte völlig die Zeit vergessen. Hastig schlüpfte sie in Schuhe und Mantel und setzte sich aufs Rad. Zehn Minuten zu spät kam sie bei der Kita an, versuchte, sich an der Erzieherin vorbeizuschleichen, doch die wartete schon.

»So geht das nicht, Frau Porath. Dann müssen Sie Ihren Sohn bis vierzehn Uhr anmelden. Ich habe seit einer viertel Stunde Feierabend.«

Sandra murmelte eine Entschuldigung und zog Felix hinter sich hinaus.

»Was ist denn los, Mama?«

»Nichts, mein Schatz. Wir müssen uns beeilen. Marie kommt gleich aus der Schule.«

»Kann ich dir mein Raumschiff zeigen?«

»Morgen.«

Felix verstummte. Er stieg auf sein Fahrrad und der Wimpel ragte steil nach oben, als er fuhr. *Das Leben ist nicht fair,* dachte Sandra.

Am Nachmittag rief sie bei Andrea an.

»Eine Schwester?«

»Das kann nicht sein, oder?«

»Nein. Das glaube ich auch nicht. Ruf doch mal da an.«

»Und was soll ich sagen?«

»Ob sie da wohnt.«

»Und dann?«

»Geh vorbei.«

»Das kann ich nicht.«

»Was bleibt dir anderes übrig?«

»Weißt du, was Haus Horizont für eine Einrichtung ist?«

»Ja, sicher weiß ich das.«

»Verstehst du nicht? Wenn das wahr ist, dann hat meine Mutter mir nicht nur eine Schwester verschwiegen, sie hat mir eine behinderte Schwester verschwiegen. Warum tut sie so etwas?«

»Sieht ihr nicht ähnlich.«

»Genau.«

»Geh hin, Sandra. Gleich morgen früh.«

Sandra holte noch einmal das Fotoalbum heraus. Ihre Mutter war Mitte zwanzig gewesen, als sie sie bekommen hatte. Genug Zeit für ein Leben davor. Es gab ein Bild, das Ingrid Schlomeyer als Teenager zeigte. Sandra hatte es im Nachlass gefunden und sich darüber gewundert. Nun blätterte sie die Seite auf und betrachtete es. Ihre Mutter hatte ein Baby im Arm und das Baby — hatte eine Behinderung.

»Was guckst du da, Mama?« Felix stand plötzlich neben ihr.

»Ich? Ach, nur Fotos.«

»Darf ich die auch sehen?« Felix liebte die Bilder. Wäre er älter, könnte er jedes einzelne aus dem Gedächtnis nachzeichnen.

»Natürlich.« Sandra zog Felix auf ihren Schoß.

Ihr Jüngster betrachtete das Foto und tippte dann auf das Baby. »Warum ist deine Nase da so komisch?«

»Das bin ich nicht.«

»Doch, das bist du.« Felix rutschte von ihrem Schoß runter und verschwand wieder im Kinderzimmer.

Sandra starrte auf das Bild. Ihr Sohn hatte recht. Es sah ihren eigenen Babyfotos ähnlich. Katie. Sie meinte plötzlich, diesen Namen schon mal gehört zu haben. Aber die Erinnerung wollte sich nicht greifen lassen.

Sie legte den Schlüssel daneben, als gäbe es eine geheime Verbindung zwischen dem Foto und der Weihnachtsfreude. »Wenn du die Antwort kennst, Gott«, flüsterte Sandra, »dann wäre jetzt ein guter Zeitpunkt zum Reden.«

Kapitel 11

Haus Horizont war ein Rotklinkerbau und der allmorgendliche Novembernebel konnte seiner fröhlichen Ausstrahlung nichts anhaben. In den Fenstern leuchteten bunte Adventslichter und Sterne. Sie luden zum Eintreten ein, doch Sandra hatte heftiges Herzklopfen, als sie den Steinplattenweg zum Eingang hinauflief.

Hinter dem Tresen saß eine junge Frau mit Zopf, deren Stimme sie bereits von dem kurzen Telefonat kannte.

»Frau Rosenzweig wohnt bei uns«, antwortete sie auf Sandras Frage. »Aber sie ist vormittags in der Werkstatt. Besser, Sie versuchen es heute Nachmittag nochmal.«

Sandra atmete tief durch. In einer Werkstatt arbeitete ihre vermeintliche Schwester also. Aus dem Augenwinkel nahm sie wahr, dass sich ein junger Mann in Jeans und T-Shirt näherte.

»Katie hat sich die Hand verstaucht. Die ist oben«, sagte er zu der Rezeptionistin und zu Sandra gewandt: »Dritter Stock.«

»Danke, Mirko!«, rief die Frau ihm hinterher. »Na, dann …« Sie lächelte. »… haben Sie Glück. Sind Sie eine Angehörige?«

»Nein, ich … dritter Stock, ja?«

Der Flur war mit bunten Holzmobiles und Tannenzweigen geschmückt. Es roch nach Weihnachtsplätzchen und Kaffee. Fotos und Bilder an den Türen verrieten, wer dahinter wohnte.

Auf einem Sofa am Ende des Ganges saß eine blonde Frau mit verbundenem Arm und löste ein Puzzle. Als Sandra sich näherte, blickte sie auf.

Sandra stockte. Einen Augenblick glaubte sie, ihrer Mutter ins Gesicht zu sehen. Aber nein, die Frau hatte die downsyndromtypisch flache Nase und mandelförmige Augen — doch ihre Wangenknochen, ihr Blick, die Art, wie sie den Kopf schief legte. Nein, das konnte nicht sein. Sandra fühlte den Boden schwanken. Sie starrte die Frau an, als wäre sie ein Wesen aus einer anderen Welt.

Die Frau starrte zurück und ihrem Gesicht war anzusehen, dass auch sie Sandra nicht für einen gewöhnlichen Besucher hielt. »Wer bist du?«

Eine einfache Frage, aber Sandra wusste keine Antwort. Sie hatte eine neue Welt betreten, eine, die mit ihrem Leben verbunden war, aber sie hatte keine Ahnung, wer sie darin war. Und sie spürte tief in sich, dass der Nebelschleier des quälenden Geheimnisses sich lichten wollte und das Unausgesprochene sich in Worte zu fassen begann. Worte, die sie nicht hören wollte. Und mit ihnen quollen neue Fragen aus dem Sumpf. Eine davon war wohlbekannt: warum? Sie fasste in ihre Tasche, in der sie den goldenen Schlüssel trug, als könnte er ihr Kraft verleihen.

»Mein Name ist Sandra Porath.«

»Was willst du hier?«

»Ich suche Katharina Rosenzweig.«

»Das bin ich. Aber alle nennen mich Katie.«

Sandra lächelte unbeholfen. Sie schickte sich an, einen Schritt vorzugehen, doch sie spürte, wie Katie sich versteifte. Also blieb sie stehen. »Darf ich auch Katie sagen?«

»Ich muss erst Brigitte fragen.«

»Ach so. Ja, klar.«

Katie zog die Stirn kraus. »Warum kommst du?«

»Ich … das ist schwer zu sagen.«

»Weißt du es nicht?«

»Doch. Schon. Darf ich mich setzen?«

Sandra sah an Katies Gesicht, dass sie überlegte. Sie spürte plötzlich, dass es keine gute Idee gewesen war, hier einfach hereinzuplatzen. Besser, sie trat den Rückzug an.

Doch Katie war zu einem Ergebnis gekommen und lächelte. »Du kannst dich da hinsetzen.«

»Danke.«

Sie schwiegen einen Moment und musterten sich gegenseitig.

»Du siehst aus wie meine Mutter«, sagte Katie endlich.

»Und du wie meine.«

»Meine Mutter ist tot.«

»Meine auch.«

Und dann sagte Katie etwas, das Sandra endgültig den Boden unter den Füßen wegriss.

»Bist du meine Schwester?«

Die Welt um sie drehte sich. Katie verschwand hinter einem Schleier. Sandra rang um Fassung, schluckte hart und brachte nicht mehr heraus als ein gekrächztes »Ja.«

Katie musterte sie ausgiebig. »Aber du siehst anders aus.«

»Wie wer?«

»Wie auf dem Foto.«

»Du hast ein Foto von mir?«

»Ja. Von Mama.«

»Zeigst du es mir?«

Katie schaute sie ein paar Herzschläge lang einfach nur an. In ihren Augen war nicht zu lesen, was sie dachte. Doch dann lächelte sie. »Warte hier.«

Sandra wusste, dass ihr Vertrauen entgegengebracht wurde und es einem Adelsschlag gleichkam. Sie starrte auf das Puzzle — es hatte wohl etwa hundert Teile — und rang mit sich, was sie denken oder fühlen sollte, während sie wartete.

Katie streckte ihr zwei vergilbte Fotos entgegen. Sandra nahm sie vorsichtig. Auf einem sah sie sich als Dreijährige an der Hand ihrer Mutter, daneben stand Katie und lachte in die Kamera, das andere zeigte Sandra als Teenager.

»Du wusstest von mir?«

Katie nickte. »Aber ich durfte nichts sagen.«

»Warum nicht?«

»Er wollte das nicht.«

Sandra wagte nicht zu fragen, wer »er« war. Sie brauchte es nicht zu fragen.

Auf dem Flur ertönten Schritte, die sich rasch näherten, und eine grauhaarige, rundliche Frau erschien.

»Katie, du hast Besuch?« Sie warf Sandra einen Blick zu, verharrte und schaute verwundert zwischen ihnen hin und her. »Na, das ist ja … sind Sie eine Verwandte?«

»Ja, ich denke … ich bin Katies Schwester.«

»Aber … ich dachte … Sind Sie von hier?«

»Ich wohne in der Altstadt.«

Die Frau warf einen besorgten Blick zu Katie. »Geht es dir gut?«

»Kann ich mein Bild wiederhaben?«

»Darf ich es mal sehen?« Die Frau streckte den Arm aus, doch Katie griff sich das Foto und vertiefte sich in das Puzzle.

Sandra verstand. Ihre Schwester brauchte Zeit zum Nachdenken.

»Mein Name ist Brigitte Niemeier.« Die Frau reichte Sandra die Hand. »Ich bin Katies Betreuerin. Möchten Sie mit in mein Büro kommen?«

Sandra warf Katie einen fragenden Blick zu, doch die blieb in ihre Arbeit vertieft. »Sehr gern.«

Kapitel 12

Das Büro von Frau Niemeier atmete die gleiche Fröhlichkeit, wie sie überall im Haus zu finden war. Die Schranktüren waren bunt lackiert, Bilder von Bewohnern mit lachenden Gesichtern hingen an den Wänden. Sandra nahm auf einem Schwebesessel Platz und sah sich um.

»Das ist eine Überraschung ...«, begann Frau Niemeier das Gespräch.

»Es tut mir leid, dass ich hier so reingeplatzt bin. Ich hatte keine Ahnung ...«

»Ich auch nicht. Sonst hätten wir versucht, mit Ihnen in Kontakt zu treten. Wie kommt es, dass Sie plötzlich hier auftauchen?«

»Wie ich sagte. Ich hatte keine Ahnung.« Sandra fühlte Tränen in sich aufsteigen. »Meine Mutter hat mir nichts von ... Katie gesagt. Und gestern fragte Pastor Sünder mich, wie es meiner Schwester geht.«

»Er schickte uns den Brief mit der Todesnachricht im Auftrag Ihrer Mutter.« Frau Niemeier holte tief Luft. »Ich erinnere mich, dass Katies Verhältnisse damals etwas, sagen wir, kompliziert waren.«

»Inwiefern.«

»Ihre Mutter war sehr verschwiegen. Sie gab an, mit Katie nicht zurechtzukommen, und bat mich, es strikt geheim zu halten. Kurz darauf hat sie geheiratet. Naja, wir können eins und eins zusammenzählen. Katies leiblicher Vater ist uns unbekannt.«

»Auch eines der Geheimnisse, die meine Mutter mit ins Grab genommen hat.«

»Das ist alles schon sehr lange her. Katie wohnt hier, warten Sie, seit fünfunddreißig Jahren. Genauso lange, wie ich hier arbeite. Deswegen erinnere ich mich so gut an die Anfänge. Katie war mein erster Fall.«

Sandra sog die Worte wie ein trockener Schwamm in sich auf. »Wie alt ist Katie?«

»Fünfundvierzig.«

»Dann war sie zehn, als sie …?«

»Ja.«

»Aber warum nur? Wir waren doch eine Familie.«

»Ihre Mutter war nicht die Einzige, deren neuer Partner kein behindertes Kind wollte. Aber darüber gesprochen haben wir nicht.«

»Mir ist, als hätte ich es gewusst. Nicht, dass ich eine Schwester habe. Aber dass irgendetwas in meinem Leben fehlt, das unbedingt dort hinein-gehört.«

»Ich freue mich, dass Sie es so sehen.«

»Ja, wie denn sonst?«

»Da haben Sie recht. Wie sonst.«

»Wissen Sie, warum meine Mutter mir auch später nichts gesagt hat, als mein Vater längst weg war?«

»Nein. Ihre Mutter war sehr verschlossen. Als Katie älter wurde, kam sie kaum noch, das letzte Jahr vor ihrem Tod nur ein einziges Mal.«

»Vielleicht weil sie schon krank war.«

»Ihr Tod kam für Katie trotz allem plötzlich.«

Sandra hatte das Gefühl, das nicht mehr hören zu können. Sie erhob sich. »Ich komme bald wieder.«

»Lassen Sie mir Ihre Adresse da.«

»Nein, ich … natürlich. Haben Sie etwas zum Schreiben?«

Sandra stürzte sich auf ihr Fahrrad und eilte in die Innenstadt. Sie hatte doch nur mit dem Finger in einen Teich getippt und ein paar Ringe über das Wasser schicken wollen. Und nun war eine Flutwelle losgetreten. Und das alles wegen dieses verdammten Schlüssels und ihrer verflixten Idee, den Pastor danach zu fragen. Es wurde Zeit, dass sie ihn eintauschte und Weihnachtsgeschenke kaufte. Oder irgendetwas anderes tat, was einem normalen Leben glich.

Mandelröstduft und Blasmusik wehten ihr entgegen, doch es schien, als wären ihre Sinne betäubt. Vor dem Juwelier hielt sie. Noch einmal betrachtete sie den Schlüssel. Er sah hübsch aus mit seinen Verzierungen. Da hatte sich jemand Mühe gegeben. Zu schade eigentlich und vielleicht … nein, verdammt, Weihnachtsfreude sah anders aus. Entschlossen öffnete sie die Tür, zuckte unter dem Klingeling der Türglocke zusammen und legte den Schlüssel vor dem freundlich lächelnden Juwelier auf den Glastisch.

»Ich habe auf Sie gewartet«, sagte er freudig überrascht. »Sie wollen ihn verkaufen?«

»Werden Sie ihn nehmen?«

»Ich biete Ihnen achtzig Euro.«

»Aber … mein Bekannter sagte, Sie würden mir hundert geben.«

»Ich muss ja noch etwas daran machen. Ihn polieren zum Beispiel.«

»Und das kostet zwanzig Euro?«

»Nun ja, schon. Achtzig Euro.«

»Dann muss ich ihn wieder mitnehmen.« Sandra wusste nicht, woher ihre plötzliche Streitlust kam. Sie hatte einfach das Gefühl, dass es Zeit wurde, sich diesem Leben entgegenzustellen.

»Gut. Ich gebe Ihnen hundert Euro.« Er zwinkerte ihr zu. »Aber nur, weil Sie so hübsch sind.«

Sandra schluckte die scharfe Bemerkung hinunter und nickte. Als sie den Hunderter in der Hand hielt, entlockte es ihr doch noch ein Lächeln, bevor sie eilig aus dem Laden verschwand.

Der grüne Geldschein passte perfekt in ihr Portemonnaie. Trotzdem fühlte Sandra Bedauern, als sie ihn ins Fach schob. Aber nein. Nichts als Ärger hatte dieses Stück Metall ihr gebracht. Und dieser Ärger klebte jetzt in ihrem Leben. Für immer.

Ein Blick auf die Uhr machte das Chaos perfekt. Fünf vor zwölf. Verdammt. Wie sollte sie ihre Verspätung erklären? Mit einer Schwester, die plötzlich aufgetaucht war? Und überhaupt, wie sollte sie Felix und Marie sagen, dass sie eine Tante hatten?

Sie konnte es ja selbst nicht begreifen.

Kapitel 13

Sandra starrte auf das Telefon. Das Display zeigte eine fremde Nummer an, aber es war keine Nachricht auf dem Anrufbeantworter. Ob das Johannes war? Oder hatte er es sich längst anders überlegt? Wollte sie überhaupt, dass er anrief? Konnte sie einen Mann in ihrem Chaosleben gebrauchen? Dazu einer, der genauso abgestürzt zu sein schien wie sie? Und während sie diese Gedanken durch ihren Kopf wehen ließ, wusste sie, dass sie sich nichts brennender wünschte, als dass die Reise mit ihm weiterging. Weil sein Leben genauso zerbrochen war wie ihres. Und weil er so verdammt gut aussah.

Das Telefon klingelte. Auf dem Display blinkte die fremde Nummer.

»Porath.«

»Hallo! Hier ist Johannes.«

»Oh. Ich habe gehofft, dass du anrufst.« Hilfe, warum hatte sie das gesagt? Und warum duzte sie ihn?

»Und ich habe gehofft, dass du hoffst, dass ich anrufe.«

Sie lachten beide verlegen.

»Hast du Lust, mit mir ins Kino zu gehen? Morgen?«

»Du telefonierst mit einer alleinerziehenden Mutter. So schnell bekomme ich keinen Babysitter.«

»Und wenn das Kino zu dir kommt? Hast du einen DVD-Player?«

»Einen alten, ja.«

»Prima. Wie wäre es mit einem DVD-Abend? Ich bringe ein paar Filme mit und alles, was sonst noch so dazugehört.«

Die erste Verabredung gleich bei ihr zu Hause? Sandra zögerte. Aber hatte er nicht recht? Wenn sie nicht ins Kino konnte, dann musste das Kino zu ihr kommen. »Abgemacht«, hörte sie sich sagen. »Komm um acht. Aber ich warne dich. Die Kinder werden uns im Minutentakt stören, weil sie wissen wollen, wer der fremde Mann ist.«

»Ich komme um sieben und helfe dir, sie ins Bett zu bringen.«

»Äh … kannst du das denn?«

»Du musst mir zeigen, wie es geht.«

»Du weißt, worauf du dich einlässt?«

»Nein. Aber ich tue es trotzdem.«

Sandra lachte. »Gut. Abgemacht. Morgen um sieben.«

Sie gab ihm ihre Adresse und legte auf. Spontan summte sie die Titelmelodie von »Drei Haselnüsse für Aschenbrödel«. Nur, dass er kein Prinz war und sie das Aschenbrödel bleiben würde, ohne Schloss und Kutsche. Aber es gab nichts, das sie im Augenblick weniger störte.

Johannes hielt Wort. Pünktlich um sieben läutete er an der Haustür.

Sandra hatte den Nachmittag im Badezimmer verbracht und Frisuren ausprobiert. Am Ende war sie bei ihrem Zopf geblieben und hatte nur ein leichtes Make-up aufgetragen. Mit pochendem Herzen öffnete sie die Tür.

»Hallo … komm herein und stürze dich ins Chaos.«

Johannes stieg über die Schuhe und überreichte ihr einen kleinen Rosenstrauß. »Was gibt es zu tun?«

»Danke, äh ... willst du wirklich helfen?«

»Ja. Will ich. Ich brenne darauf.« Er hängte seinen Mantel an die Garderobe.

»Wir sind gerade mit dem Abendbrot fertig.«

»Soll ich abräumen?«

Sandra schüttelte den Kopf. »Maries Hausaufgaben müssen nachgesehen werden. Felix braucht Hilfe beim Zähneputzen, aber vorher musst du ihn einfangen.«

»Wird gemacht.«

Sandra konnte nicht anders, als Johannes heimlich zu beobachten, wie er beinahe an den Grundrechenarten scheiterte, bis Marie ihm erklärte, wie es richtig war. Wie er Felix Ratschläge beim Zähneputzen gab — dem es sichtliches Vergnügen bereitete, sich doof zu stellen. Wie er mit tiefer Inbrunst eine Rittergeschichte vorlas und Marie zur Nacht sogar über das Haar streicheln durfte. Als Johannes in der Küche auftauchte, war der Abendbrottisch noch immer nicht abgeräumt.

»Hey, war es nicht Teil der Abmachung, dass du die Küche putzt?«

Sandra lachte verlegen. »Ich ... bin irgendwie nicht dazu gekommen.«

»Soll ich noch?«

»Nein, nein. Stell lieber den DVD-Player an.«

Johannes hatte eine ansehnliche Auswahl von Filmen dabei. Insgeheim fragte Sandra sich, ob er wirklich Liebeskomödien mochte. Ihre Wahl fiel auf ein Weltraumabenteuer, das hätte sie damals gerne im Kino gesehen. Johannes stimmte freudig zu und, wie Sandra meinte, auch ein wenig erleichtert. Sie richtete Chips und Wein an und ließ sich neben Johannes nieder. Er warf ihr einen Blick zu, Sandra erwiderte es und in diesem Moment beschloss sie, Probleme Probleme sein zu lassen und die nächsten zwei Stunden zu genießen.

Kapitel 14

Der Film zog Sandra und Johannes rasch in seinen Bann. Sie lachten und bangten an den gleichen Stellen, stopften sich Chips in den Mund und warfen sich Blicke zu.

Als das spannende Ende endlich erreicht war, stellte Johannes die, wie Sandra sich eingestehen musste, gefürchtete Frage. »Hast du den Schlüssel eingetauscht?«

Sie beschloss, ehrlich zu sein. »Nicht sofort. Ich wollte ihn noch ein bisschen behalten, weil es der Schlüssel zur Weihnachtsfreude ist.«

»Du kannst auch ein wenig Freude gebrauchen, nicht wahr?«

»Ja.« Sandra holte tief Luft. *Jetzt nicht weinen, bitte.* »Der Juwelier hat mir hundert Euro gegeben. Okay, er hat versucht, mich runterzuhandeln, aber ich bin stark geblieben.«

»Unfassbar, dieser Schuft. Ich bin stolz auf dich, dass du standgehalten hast.«

Sandra errötete. »Ich verstehe noch immer nicht ganz, warum du ihn mir geschenkt hast.«

Johannes zuckte mit den Schultern. »Felix wünscht sich ein Raumschiff.«

»Ja, aber … du brauchst ihn wirklich selbst.«

»Ich habe dir doch gesagt, um mich kümmert sich der Allerhöchste persönlich.«

»Er könnte sich auch mal um mich kümmern. Aber ich glaube …« Sandra biss sich auf die Lippen. Sie hatte plötzlich ein schlechtes Gewissen, weil sie Katie innerlich als »Ärger« bezeichnet hatte. »… ich bin ihm zu kompliziert.«

Johannes lächelte. »Leider bin ich kein Gott-Experte. Aber finde doch heraus, ob er sich um dich kümmern kann. Und egal, wie es weitergeht«, Johannes trank einen Schluck Wein, »dieser Abend mit dir war den Schlüssel auf jeden Fall wert.«

Sandra fürchtete, dass Johannes jetzt den Arm um sie legen und versuchen würde, sie zu küssen. »Ich … ich muss morgen früh raus. Schule und Kindergarten und so.«

Johannes nickte und blieb auf Abstand. »Sehen wir uns wieder?«

Sandra wusste nicht, woher sie den Mut nahm, aber sie sagte: »Was machst du Weihnachten? Willst du Heiligabend mit uns feiern?«

»Wenn du mit mir in die Kirche gehst?«

»Ich wusste nicht, dass du Kirchgänger bist.«

»Ich wollte es mal ausprobieren.«

»Warum nicht?«

»Die kleine Kirche in der Mühlenstraße?«

»Ich bin dabei.«

Johannes' Duft lag noch im Raum, als wäre er nur kurz zur Toilette gegangen. Sandra kuschelte sich in ihre Sofakissen, trank ihr Weinglas leer und ließ in Gedanken den Abend Revue passieren. Er hatte ein paar DVDs zurückgelassen, aber ihr war nicht nach Fernsehen, sie wollte den Zauber des Momentes genießen. Er hatte sie um ihre Geschichte gebeten. Konnte man eine Geschichte erzählen, die man selbst nur in Bruchstücken kannte? Und die Teile, die nun dazugekommen waren, machten das Bild nicht schöner.

Wie es Katie jetzt wohl ging? Sie hatte von Sandras Existenz gewusst und trotzdem war sie, genau wie Sandra, überfallen worden. Warum hatte er nicht gewollt, dass Sandra von Katie wusste? Weil sie behindert war? In was für einer Welt hatte ihr Vater gelebt? Das erste Mal empfand sie so etwas wie Dankbarkeit darüber, dass er sein Leben nicht mit Sandra und ihrer Mutter teilen wollte. Aber sie fühlte auch die Leere, die sie seit ihrer Kindheit begleitet hatte. Es war dieses eine Puzzleteil, das durch sein Fehlen die Magie des Bildes zerstörte. Jetzt hielt sie es in der Hand. Reichte ihr Mut, um es einzufügen? Das würde alles verändern, alles, was sie geglaubt hatte von sich und ihrem Leben zu wissen.

»Mama«, flüsterte sie in die Einsamkeit des Wohnzimmers hinein. »Warum hast du nicht mit mir gesprochen? Ich hätte dir doch verziehen, egal was es ist. Es war so unfair von dir, einfach wegzugehen.«

Sie stellte das Weinglas auf den Tisch und holte das Fotoalbum aus dem Schrank. Das Kind auf dem Arm ihrer Mutter hatte jetzt einen Namen: Katharina Rosenzweig. Sie blätterte weiter und starrte auf ein Bild ihres Vaters. Die Wahrheit waberte über Sandra wie eine schwer geladene Gewitterwolke.

Entschlossen klappte sie das Fotoalbum zu. Es gab jemanden, mit dem sie darüber reden konnte. Pastor Sünder. Und wenn er so war, wie sein Name versprach, dann konnte er verstehen, warum Menschen Dinge taten, die anderen solche Schmerzen zufügten.

Kapitel 15

»Sie haben sie also besucht.« Pastor Sünder schenkte Sandra Kaffee ein und lehnte sich in seinem Sessel zurück.

»Ja, ich war dort. Aber nur kurz.«

»Es tut mir sehr leid. Ich hatte keine Ahnung, dass Sie nichts von Ihrer Schwester wussten.«

»Ich bin froh, dass es so gekommen ist. Sonst hätte ich vielleicht nie von ihr erfahren.«

»Und das wäre ein Jammer.«

»Ich begreife es nicht. Ich meine, wenn es ein Haus wäre oder ein Koffer, irgendetwas … aber eine Schwester?«

»Was denken Sie, warum Ihre Mutter geschwiegen hat?«

»Wenn ich das wüsste. Ich habe mich geliebt gefühlt … und Katie?«

»Katie war allein.«

»Ja.«

»Was werden Sie jetzt tun?«

»Sie besuchen. Kennenlernen. Wissen Sie, was am verrücktesten ist?«

»Sagen Sie es mir.«

»Katie wusste von mir. Sie hat sogar Fotos.«

»Und nun fragen Sie sich, wie es Katie damit ergangen ist?«

»Ja.«

»Finden Sie es heraus.«

»Und wenn sie dachte, ich will nichts mit ihr zu tun haben, weil sie behindert ist?«

»Dann wird es Zeit, dass Katie die Wahrheit erfährt.«

»Ich weiß nicht … vielleicht ist es zu viel für sie.«

»Schlimmer als das, was hinter ihr liegt?«

»Sie ist geistig behindert.«

Pastor Sünder lächelte. »Sie haben eine große Schwester.«

Sie schwiegen für den Moment.

»Was ist aus dem Schlüssel geworden? Haben Sie ihn eingelöst?«

Sandra nickte. »Ich wollte ihn loswerden, weil er ja doch keine Freude bringt.«

»Ich verrate Ihnen ein Geheimnis: Weihnachtswunder sind leise.«

»Leise? Das hier war ein Paukenschlag.«

»Das ist noch nicht das Wunder.«

»Und was ist das Wunder?«

»Wenn am Ende alles einen Sinn ergibt.«

Sandra nahm nachdenklich einen Schluck von ihrem Kaffee. »Noch macht überhaupt nichts Sinn.«

»Wirklich nicht?«

»Naja … ich habe einen Mann kennengelernt.«

»Das ist doch wunderbar.«

»Er ist es, der mir den Schlüssel geschenkt hat. Weil er hörte, dass ich mein Portemonnaie verloren habe. Dabei lebt er selbst von Hartz IV.«

»Es scheint ihm etwas an Ihnen zu liegen.«

»Er will mit mir in die Kirche gehen. Heiligabend.«

»Und Sie? Wollen Sie das auch?«

»Ja. Irgendwie schon. Aber ich weiß noch nicht, was ich davon halten soll. Wenn es Gott gibt, wo war er dann all die Jahre? Warum hat er zugelassen, dass meine Schwester im Heim aufwächst?«

»Das sind wichtige Fragen. Lassen Sie sich Zeit, Frau Porath. Unser Herz ist ein zerbrechliches Gebilde. Wir müssen gut überlegen, wen wir dort hineinlassen. Und nichts anderes will Gott von uns als einen Platz in unserem Herzen. Nur dafür ist er Mensch geworden.«

»Ist das dann die Weihnachtsfreude?«

Pastor Sünder lächelte warm. »Wer weiß.«

Als Sandra wieder auf ihr Rad stieg, hatte sie bereits ein neues Ziel. Sie wollte zu Katie. Aber sie wusste nicht, ob sie willkommen war. Also war es besser, vorher anzurufen und Frau Niemeier zu fragen.

Ihre Uhr zeigte halb zwölf. Gott sei Dank. Heute konnte sie pünktlich sein. Aber als sie beim Friedhof vorbeifuhr, lockte es sie doch zu sehr, beim Grab ihrer Mutter vorbeizuschauen.

»Ich habe gelogen«, sagte sie und zeichnete mit dem Finger in den Sand. »Ich weiß nicht, ob ich dir das verzeihen kann, Mama.«

Als sie sich erhob, war es fünf vor zwölf.

Kapitel 16

Frau Niemeier hatte Sandra gebeten, nachmittags zu kommen, am besten um drei. Das war für Katie eine gute Zeit und sie könnten sich zu dritt treffen. Also stellte Sandra um fünf vor drei ihr Fahrrad vor Haus Horizont ab, nachdem sie Felix und Marie zu Andrea gebracht hatte. Sie ging mit einem Nicken an der Rezeptionistin vorbei und begab sich direkt in den dritten Stock.

Katie saß in der Sitzecke und unterhielt sich mit einem anderen Bewohner. Anscheinend hatte er gerade etwas Lustiges erzählt, denn sie lachte auf, bevor sie Sandra entdeckte.

»Hallo«, sagte Sandra und schaute sich unsicher um.

»Willst du zu Katie?«, fragte der junge Mann.

»Klar will sie zu mir«, antwortete Katie an Sandras statt und stand auf. »Hallo, du.«

Sie schüttelten sich die Hände.

»Kommst du mit in mein Zimmer?«

»Sehr gern.«

»Du musst Brigitte Bescheid sagen«, mischte der Mann sich ein.

»Sei ruhig, das weiß ich selber.« Katie nahm Sandras Hand und führte sie in ihr Zimmer. Es war ein recht großer Raum mit Birkenholzmöbeln. Auf dem Schreibtisch lagen Stifte und Zettel herum, an den Wänden hingen unzählige Fotos, die Katie in fast allen Lebenslagen zeigten: in der Schule, als sie einen Preis gewann, mit Freunden, in der Werkstatt ... Dem Bett gegenüber befand sich eine Sofaecke und dort zeigte Katie hin. »Du kannst dich setzen. Ich sag Bescheid.«

»Danke.«

Katie verschwand und tauchte kurz darauf mit Frau Niemeier wieder auf. Sie begrüßten sich freundlich, dann war es so weit. Drei Menschen saßen sich gegenüber, die lange Zeit nicht alle voneinander gewusst hatten.

»Katie und ich haben bereits über die Situation gesprochen«, sagte Frau Niemeier.

Katie nickte eifrig. »Du kannst mich besuchen, wenn du willst.«

»Ich …« Sandras Kehle war wie zugeschnürt. »Danke, Katie.«

»Du konntest nichts wissen. Er hat es verboten.«

Sandra schaute sie an und es schien, als wollte Katie sie trösten. »Aber … er ist schon lange tot.«

Darauf wusste Katie nichts zu antworten. Sie schaute Hilfe suchend zu Frau Niemeier.

Diese drückte ihre Hand und wandte sich an Sandra. »Wir hatten Ihrer Mutter Hilfe angeboten, aber sie wollte nicht.«

Sandra biss sich auf die Lippen. »Es tut mir leid.«

»Es ist nicht Ihre Schuld.«

»Doch. Irgendwie schon. Ohne mich …«

»Es war die Entscheidung Ihrer Mutter.«

Katie schüttelte heftig den Kopf. »Er wollte es nicht.«

Das erste Mal wagte Sandra, Katie offen in die Augen zu schauen. »Er ist weggegangen, als ich fünf war. Da hatte Mama sehr viel Zeit, um mir von dir zu erzählen.«

»Frau Porath, können Sie sich vorstellen, dass Ihre Mutter sich entsetzlich geschämt hat. Dazu war sie mit Ihnen allein.«

»Aber ... ich war glücklich als Kind. Ich hätte nie gedacht, dass ...«

»Ihre Mutter wollte es an Ihnen wiedergutmachen.«

Sandra schluchzte.

Katie kam um den Tisch herum und nahm Sandra in den Arm. Da war es endgültig um sie geschehen. Sie ließ ihren Tränen freien Lauf und barg ihr Gesicht an der Schulter ihrer Schwester, die so ein feines Gespür dafür hatte, was Sandra brauchte.

»Haben Sie jemanden, mit dem Sie reden können«, fragte Frau Niemeier, nachdem sie eine Weile geschwiegen hatten.

Sandra nickte und trocknete sich die Tränen. »Pastor Sünder sagt, er hat Zeit für mich, wenn ich es möchte.«

»Das ist gut.«

Kapitel 17

Das Tolle an Andrea war, dass man sie zu jeder Zeit anrufen konnte — auch in schlaflosen Nächten, wenn man jemanden zum Reden brauchte. »Erzähl mal.«

»Katie ist nett. Und sie scheint damit klarzukommen, dass meine Mutter sie weggegeben hat.«

»Sie hatte viel Zeit, sich daran zu gewöhnen. Quasi ein Leben lang.«

»Ja, schon, aber sie ist doch …«

»… behindert?«

»Ja.«

»Trotzdem ist sie deine ›große‹ Schwester.«

»Das hat der Pastor auch gesagt.«

»Wie geht es jetzt weiter?«

»Ich werde sie besuchen.«

»Mit den Kindern?«

»Erstmal allein. Doch ja, auch mit Felix und Marie, nur, ich muss sie selbst erst kennenlernen.«

»Traust du ihr nicht?«

»Natürlich traue ich ihr. Es ist nur … so neu, so frisch, ich weiß noch nicht.«

»Das verstehe ich. Wie läuft es eigentlich mit Johannes?«

»Wir gehen Heiligabend zusammen in die Kirche.«

»Nur Kirche? Wie aufregend.«

»Ach, komm schon. Danach feiern wir bei mir.«

»Scheint was Ernstes zu sein.«

»Vielleicht. Aber vorher brauche ich was zum Anziehen. Was trägt man so in der Kirche?«

»Keine Ahnung. Frag ihn.«

»Spinnst du?«

»Auf jeden Fall solltest du jetzt schlafen, denn mit dunklen Ringen unter den Augen nutzen dir die besten Klamotten nichts.«

»Stimmt auch wieder. Gute Nacht, du allerbeste Freundin.«

»Gute Nacht, du verrücktes Huhn.«

Den nächsten Vormittag verbrachte Sandra damit, ihre Wohnung auf Weihnachten zu trimmen. Sie hängte Sterne in die Fenster, verteilte Tannenzweige und stellte Kerzen auf. Dann fuhr sie in die Stadt, reihte sich in das geschäftige Treiben ein und erledigte Einkäufe: einen Raumschiffbausatz für Felix — Sandra lächelte, als sie sich vorstellte, wie er es aufbauen würde — und eine Kutsche samt Pferd und Puppe für Marie.

Pünktlich um zwölf holte Sandra Felix aus dem Kindergarten, hasste die Erzieherin für ihr wohlwollendes Nicken und betrachtete auf der Heimfahrt den hüpfenden Wimpel an Felix' Fahrrad.

Als sie beim Mittagessen zusammensaßen, und Sandra ihre Kinder fröhlich kauend beobachtete, fiel ihr Blick auf den fünften Stuhl am Küchentisch. Sie hatte es nie geschafft, ihn in den Keller zu bringen. Das war der Moment, in dem sie begriff, dass der Zeitpunkt gekommen war und sie es Felix und Marie sagen musste.

»Was ist eine Tante?«, wollte Felix wissen.

»Das ist die Schwester von der Mutter oder dem Vater.«

»Ist Tante Katie dann Papas Schwester?«, fragte Marie.

»Nein, sie ist meine Schwester.«

»Deine?« Marie schüttelte den Kopf.

»Doch, ich habe eine Schwester. Nur hat Oma mir nie von ihr erzählt.«

»Und warum nicht?« Felix tippte sich an die Stirn. »Das ist doch blöd. Wie sollen wir sie denn besuchen, wenn wir gar nicht wissen, dass es sie gibt?«

Sandra biss sich auf die Lippen. »Ja, das ist richtig blöd. Vielleicht hatte Oma Angst, dass ich sie dann nicht mehr lieb habe.«

»Und warum hättest du Oma wegen deiner Schwester nicht mehr lieb gehabt? Wolltest du sie für dich allein haben?« Marie legte den Kopf schief.

»Nein, bestimmt nicht. Ich hätte Oma immer lieb gehabt. Es ist nur … Tante Katie ist ein wenig anders als wir. Sie ist so, wie der Leon aus Felix' Marienkäfergruppe.«

»Behindert?«

»Genau.«

»Sie hat sie weggegeben, weil sie behindert ist?« Felix' Worte schwebten wie eine giftige Wolke im Raum und ließen sie alle für den Moment die Luft anhalten.

»Können wir sie besuchen?«, fragte Marie.

»Ja, sicher. Gleich nach Weihnachten.«

Marie schüttelte wieder den Kopf. »Morgen.«

»Aber …«

»Sonst denkt sie noch länger, wir wollen sie nicht haben.«

Und damit war alles gesagt.

Kapitel 18

So schnell wie Felix und Marie sich das vorgestellt hatten, ging es dann doch nicht. Katie hatte keine Zeit. So sagte es Frau Niemeier und durch die Zeilen vernahm Sandra, dass ihre Schwester noch nicht wollte. Sie war froh darum, denn so gab es ein wenig Aufschub und sie konnte ihren Kindern die unzähligen Fragen beantworten — mit den immer gleichen Worten: Ich weiß es nicht …

Aber das war längst gelogen. Die Antworten, die ihre Mutter mit ins Grab genommen hatte, stiegen wie eine Dunstwolke durch den Boden der Tatsachen wieder auf. Kein Schnee deckte den Unrat zu und kein Wind vertrieb den Geruch von Verrat und Enttäuschung. Das war die Stelle, an der Sandra nicht weiterkam, denn sie wünschte sich, dass die Schneedecke über dem Grab noch ein bisschen liegen bleiben würde, damit der Dunst langsamer durchsickerte.

Noch ein Grund ließ es Sandra recht sein, dass Katie keine Zeit hatte. Der Heiligabend nahte, sie hatte noch nicht alle Einkäufe erledigt und es war nun eines dazu gekommen: ein Geschenk für Johannes.

Für das Fahrrad war es zu kalt, zu windig und zu verschneit. Sandra blieb nichts anderes übrig, als sich zu Fuß auf den Weg zu machen. Gleich vom Kindergarten aus ging sie in die Stadt, wickelte ihren Mantel eng um den Körper und kämpfte sich durch das Schneegestöber.

Dem weihnachtlichen Geschäftstreiben tat das Wetter keinen Abbruch. Die Menschen tummelten sich um die Stände wie Fliegen um ihre Beute, nur die Blasmusik übertönte das Summen. Gefeilscht wurde kaum, zu Weihnachten war man bereit, jeden Preis zu zahlen.

Sandra betrat das Kaufhaus und musste sich eingestehen, dass es ihr Herzklopfen bereitete. In der absurden Hoffnung Johannes zu treffen, ging sie direkt zum Modeschmuck, dorthin wo er sie angesprochen hatte, und vertiefte sich in die Auslage, bis sie seufzend einsah, dass sie heute allein bleiben würde. Sie betrachtete ein Paar Ohrringe und sinnierte, ob sie Katie gefallen würden. Es fühlte sich gut an, sie zu kaufen. Ihre Schwester begann, Raum in ihrem Leben einzunehmen. Die Ahnung, dass es nicht viel brauchte, um Katie eine Freude zu machen, beflügelte ihren Wunsch, ihr einen festen Platz in ihrem Alltag zu geben.

Johannes' Geschenk hatte sie sich für den Schluss aufgehoben. In der Herrenabteilung stöberte sie bei den Halstüchern, spielte innerlich mit den Farben, stellte sich sein Gesicht dazu vor und genoss das Kribbeln im Bauch, das die Gedanken an ihn ihr bescherten.

Mit gefüllter Einkaufstüte verließ sie das Kaufhaus, tauchte wieder in das Winterwetter ein und begab sich auf den Weg zum Kindergarten. Vor dem Schaufenster des Juweliers machte sie Halt. Über Ringen, Uhren, Ketten und Colliers — die allesamt ein Preisschild mit astronomischer Zahl trugen — schwebte der Bahnhofsschließfachschlüssel, als würde er wie der Engel zur Weihnacht aus dem Himmel herniederfahren. Blank geputzt funkelte er mit Gold und Diamanten um die Wette. Auch er trug ein Preisschild.

Mit einem roten Band befestigt baumelte es am Schlüsselbart und drehte sich langsam um sich selbst. Sandra wartete, bis die Vorderseite sichtbar wurde. Statt Ziffern erschienen Buchstaben, »Schlüssel zur Weihnachtsfreude«, und darunter:
»UNVERKÄUFLICH«.

Der Juwelier gab den Schlüssel nicht mehr her! Nicht, dass sie ihn zurückkaufen wollte. Aber sie wollte ihn kaufen können. Es war Verrat. Innerlich knallte eine Tür zu und im selben Augenblick entflammte in Sandra das Verlangen, ihn zurückzubekommen. Was sollte nun aus ihrer Weihnachtsfreude werden? Sie starrte auf ihre verkrampften Hände und in diesem Moment wurde ihr gewahr, dass sie noch immer einen Schlüssel besaß. Und es stimmte, er war unverkäuflich. Aber trotzdem hatte er einen Preis. »Ich weiß, Mama«, flüsterte sie und ließ die Tränen laufen. »Es wird Zeit …« Langsam öffnete sie die Hände. »… loszulassen.«
Pastor Sünder hatte recht. Ihre Mutter hatte eine ganze Welt mitgenommen. Doch ein Teil dieser Welt war auf ewig mit der ihren verbunden. Konnte es sein, dass am Ende alles einen Sinn hatte? Auch das Unfassbare, das offensichtlich Sinnlose?
Im Frühjahr, wenn die Schneedecke abgetaut war, würde sie etwas Neues pflanzen. Etwas anderes als Hortensien. »Nicht böse sein, Mama. Wir haben ja nie darüber gesprochen.«
Ein Blick auf die Uhr sagte ihr, dass es Zeit war, zum Kindergarten zu gehen.

Kapitel 19

Der Heilige Abend kam mit großen Schritten näher und mit jedem Tag stieg die Aufregung der Kinder. Sie rannten schreiend durch die Wohnung, stritten um jeden einzelnen Legobaustein und verteilten ihr Spielzeug auf dem Boden, bis Sandras Nerven zum Zerreißen gespannt waren. Sie verfluchte Alexander, der sich mit seinem lapidaren »bei mir geht es eben nicht« aus der Affäre gezogen und sie ihrem Schicksal überlassen hatte.

Aber dann war es so weit. Felix und Marie stürmten am Morgen des vierundzwanzigsten Dezembers in aller Frühe Sandras Schlafzimmer und weckten sie mit der von da an im Minutentakt folgenden Frage: »Wie lange noch?«

Sandra war perfekt darin, diese nölende Fragerei zu ignorieren. Dadurch ging sie jedoch nicht weg. Sie wurde lediglich am späten Vormittag von einer neuen Frage abgelöst: »Müssen wir in die Kirche?«

»Wir müssen nicht, wir möchten«, antwortete Sandra und fuhr fort, die Kartoffeln für den Salat abzupellen.

»Ich will aber nicht.« Felix zog eine filmreife Schippe.

»Ich auch nicht«, schmollte Marie.

»Ich habe es Johannes versprochen und ich glaube, es wird ganz nett.«

»Aber Mama, dann müssen wir ja noch länger warten. Das schaffe ich nicht.« Felix sah aus, als würde er jeden Augenblick zusammenbrechen.

Sandra verkniff sich das Lachen. »Warte es ab. Vielleicht wird das Fest dadurch viel schöner. Am Ende möchtest du nächstes Jahr wieder gehen.«

»Ganz bestimmt nicht.« Felix trollte sich.

Marie blieb am Küchentisch sitzen und beobachtete, wie die braune Schale wich, bis die Kartoffel in appetitlichem Gelb erstrahlte. »Ich glaube auch, dass es schön wird«, sagte sie schließlich und folgte Felix ins Kinderzimmer.

Sandra hielt inne. Sie lauschte eine Weile dem Geplapper, das durch die Kinderzimmertür zu ihr drang, und lächelte. Es war Leben. Und Freude. Alles duftete nach Weihnachten.

Um sechzehn Uhr sollte die Christvesper beginnen. Es war fünf vor, als Sandra endlich mit Felix und Marie in die Mühlenstraße einbog und Johannes im Schneegestöber erblickte. Er wartete vor dem Gemeindehaus, trat von einem Bein aufs andere und rieb sich die Arme.

Sandras Herz klopfte. Bestimmt war es ihr ins Gesicht geschrieben, wie sehr sie sich freute, ihn zu sehen. Sie überlegte, lieber umzukehren, doch Johannes hatte sie längst entdeckt und kam auf sie zu. Sandra murmelte eine Entschuldigung, weil sie so spät kamen.

Johannes winkte ab und nahm Felix an die Hand. »Mein Freund Joachim ist schon drin und hat uns Plätze besetzt.«

»Du bist nicht allein hier?« Sandra wusste nicht, was sie davon halten sollte.

Johannes lächelte jungenhaft. »Nein, mit euch.«

»Aber …«

Er legte seinen Arm um sie und führte sie hinein.

Sie wusste nicht, wie sie sich diese Kirche vorgestellt hatte, eigentlich gar nicht, Kirche eben. Sie war warm, hell und rappelvoll. Statt der üblichen Bänke standen Stühle wie Perlen aufgereiht, vermutlich um des Platzes willen enger als sonst. Sandra zwängte sich an Joachim vorbei. Sie bemerkte seinen interessierten Blick. Aus dem Augenwinkel sah sie, wie Johannes ihm in die Seite boxte. *Aha, das hätten sie also geklärt.* Sandra biss sich auf die Lippen und verschluckte das Grinsen.

Der Gottesdienst begann mit einem opulenten »Freue dich Welt«. Die Gemeinde stimmte in den Gesang ein. Sandra schaute sich um. Alles war neu, ungewohnt, aber — nicht fremd. Sie spürte Johannes' Blick auf sich und warf ihm ein Lächeln zu.

Der Pastor hieß die Gottesdienstbesucher willkommen und sprach, wen sollte es wundern, von der Weihnachtsfreude.

Sandra horchte auf. »Weihnachten ist ein Wunder«, begann er seine Predigt, »und Wunder sind leise.«

Hatte Pastor Sünder nicht Ähnliches gesagt? Sie lauschte weiter, hörte von der Menschwerdung Gottes und dass ihr Herz eine Krippe für Gott sein kann — wenn sie will. Wieder hörte sie Pastor Sünders Stimme: »Passen Sie auf, wen Sie in Ihr Herz lassen.«

Es war Zeit für Freude in ihrem Leben. Die Trauer hatte ihren Raum gehabt, genau wie die Fragen. Manche würden unbeantwortet bleiben. Aber das machte nichts. Das, was sie wusste, wog schwerer. Und vielleicht, das wusste sie noch nicht, war es auch Zeit für Gott.

»O du fröhliche« schallte es zum Abschluss durch den Gemeindesaal und das Lied schien ihre Gedanken besiegeln zu wollen.

Kapitel 20

Sandra wartete vor dem Gemeindehaus, bis Johannes sich von Joachim verabschiedet hatte, dann kämpften sie sich gemeinsam durch den Schnee. Vorbei an hell erleuchteten Fenstern stiefelten sie Hand in Hand durch die Stille der Weihnachtsnacht, die Kinder in der Mitte. Kälte kroch in ihre Mäntel, und trotzdem wünschte Sandra sich, dass der Weg zu ihrer Wohnung noch ein wenig länger wäre.

Wärme empfing sie. Sandra hängte die Jacken auf. Die Hektik der letzten Tage löste sich im Plätzchenduft auf. Sie atmete ihn tief ein, schaltete die Tannenbaumlichter an und richtete die Geschenke. Johannes hatte für jedes Kind eines dazugelegt. Er bemühte sich nach besten Kräften, die beiden noch einen Augenblick vom Wohnzimmer fernzuhalten.

Aber dann! Leise Weihnachtsmusik untermalte die Geräusche des zerreißenden Geschenkpapiers. Die Bauteile eines Raumschiffes erblickten das Licht von Felix Poraths Welt und wurden mit Jubelschrei begrüßt. Ebenso ergingen es Kutsche und Pferd, die Maries Leben betraten. Allerdings musste hier Geburtshilfe geleistet werden, um die angekettete Puppe aus der Verpackung zu befreien.

Johannes bekam eine Einladung, beim Raumschiffbau zu helfen. Sandra warf ihm einen Blick zu. Er lächelte und es war ihm anzusehen, dass er die dargereichte Ehre zu schätzen wusste.

Aber noch war die Bescherung nicht vorbei. Johannes zauberte ein Päckchen aus seiner Tasche und reichte es Sandra.

»Ist lange her«, murmelte sie und wickelte es aus dem Papier. Eine silberne Kette mit Schlüssel als Anhänger kam zum Vorschein. Zitternd versuchte sie, sie umzulegen. Johannes musste helfen. Sandra roch sein Rasierwasser und über ihr Gesicht legte sich ein Hauch Röte.

Dann war Johannes dran, von Sandra etwas zu bekommen. Er drehte das Päckchen hin und her, um den Inhalt zu erraten, bevor er das Papier entfernte und einen graublauen Schal in den Händen hielt. Jetzt war es an ihm, zu erröten. »Danke«, murmelte er und band ihn um.

Sie betrachteten einander.

»Warum ist so eine wunderschöne Frau wie du allein?«

»Weil ich auf den Richtigen gewartet habe.«

Johannes lächelte und sein Lächeln sagte mehr, als jedes Wort es gekonnt hätte. Er beugte sich zu ihr hinunter und Sandra schloss die Augen, um in diesem Moment nichts anderes zu spüren als seinen Kuss.

Das Wohnzimmer hatte sich in ein Königreich verwandelt, durch das Prinzessinnen mit Kutschen fuhren, und in eine Galaxie, in der Raumschiffe von Planet zu Planet flogen. Es brauchte viel Überredung, um die Kampfpiloten und Hochadligen für Kartoffelsalat und Würstchen zu begeistern, bis der Hunger ihnen zu Hilfe kam. Zu viert saßen sie am Küchentisch, schwatzten und lachten und ließen es sich schmecken.

Sandra war froh über Johannes' Hilfe, als es an der Zeit war, die Kinder ins Bett zu bringen. Aus dem Kinderzimmer hörte sie Felix' Stimme, der Johannes müde und glücklich fragte, ob sie jetzt immer zusammen Weihnachten feiern würden.

Und Johannes sagte Ja.

»Ich kann nicht glauben, dass du das jeden Abend machst«, sagte Johannes, als endlich Ruhe eingekehrt war.

»Oh, das ist nur der krönende Abschluss nach einem endlos langen Tag.«

Johannes spielte mit ihren Haaren. »Hast du da überhaupt Zeit für einen Mann in deinem Leben?«

»Das kommt auf den Mann an. Ob er mit anfassen will.«

»Wenn er darf?«

»Er darf.«

»Und er will.«

Sie schwiegen. Beide hatten eine lange Reise hinter sich. Sie war nicht zu Ende und es fühlte sich gut an, dass sie nicht zu Ende war, denn die Zukunft versprach weniger Einsamkeit.

»Glaubst du an Wunder?«, fragte Sandra.

»Ja«, antwortete Johannes, »ich wäre blind und taub, wenn ich nicht daran glauben würde.«

»Kommst du morgen? Die Kinder sind bei ihrem Vater.«

Johannes strich ihr zärtlich über die Wange. »Schade, aber ich bin mit meiner Schwester verabredet.«

»Übermorgen?«

Er nickte. »Ich freue mich auf euch.«

Sandra schloss die Tür. Stille war in der Wohnung. Aber keine Leere, im Gegenteil, sie war selten so erfüllt gewesen.

Kapitel 21

Die Uhr tickte laut, aber es war kein Stille untermalendes Nölen, es war ein Trommeln, das Sandras Herzschlag trug, der im Einklang mit der Welt war, in der sie von nun an lebte.

Alexander hatte vor einer Stunde, gönnerhaft wie immer, Felix und Marie abgeholt. Irgendwann würde Sandra ihm noch beibringen, dass es seine Pflicht war, die Kinder zu holen, und kein Gefallen, den er ihr tat, weil sie es nötig hatte. Aber das alles zählte in diesem Augenblick nicht. Das, was ihr Leben schwer gemacht hatte, was sie hinunter zu ihrer Mutter ins Grab ziehen wollte, war auf wundersame Weise federleicht geworden und hatte sich im Hauch des neuen Windes, der nun durch ihr Leben wehte, verflüchtigt.

Nur eines fehlte. Die Person für den fünften Stuhl an ihrem Küchentisch wollte noch erobert werden. Schließlich hatte sie schwerer an den Jahren der Trennung getragen, hatte gewusst, wen sie vermisste — und warum.

Sandra hatte darüber nachgedacht. Aber zu welchem Ergebnis sie auch immer kommen wollte, es verhielt sich so, dass, kurz nachdem Sandra über den fünften Stuhl sinniert hatte, das Telefon klingelte und Frau Niemeier am Apparat war. Ob Sandra so kurzfristig und unangemeldet, dazu an einem Feiertag, Zeit habe, wollte sie wissen, denn Katie habe es sich überlegt und wolle mit ihrer Schwester Weihnachten feiern. Sandra hatte geantwortet, dass es sehr gelegen komme, da sie heute sowieso allein sei.

Das Schneetreiben hatte sich beruhigt und die Sonne erhellte den Mittag, als sie sich auf den Weg machte. Busse fuhren an Feiertagen kaum und die Wege waren schlecht geräumt, so blieb ihr nichts anderes übrig, als zu Fuß zu gehen. Genug Zeit, um sich auf das Kommende einzustellen.

Das Lachen und Schwatzen war schon an der Tür zu hören, als Sandra den Flur der Wohngruppe betrat. Sie musste nur den Stimmen folgen, um Katie mit ihren Freunden beim Mittagessen zu finden. Man nötigte sie, sich dazuzusetzen, und obwohl sie nicht explizit zum Essen eingeladen war, stand dort bereits ein Gedeck. Sandra nahm Platz und wurde mit freundlich unverhohlener Neugier angestarrt.

»Ich wusste gar nicht, dass Katie eine Schwester hat«, bemerkte ein junger Mann, der mit einem Schnitzel kämpfte und sichtlich Mühe beim Schneiden hatte, es sich aber dennoch nicht abnehmen lassen wollte.

»Schlaumeier«, antwortete Katie, »das habe ich doch oft genug gesagt.«

»Ne, hast du nicht«, antwortete der so betitelte, »höchstens eine Woche. Eine Woche ist nicht oft.«

Sofort entbrannte eine Diskussion, ob »eine Woche« überhaupt als Maßeinheit für oft infrage käme, und wenn ja, ob es dann oft sei oder nicht. Sandra war froh, nicht mehr im Mittelpunkt des Interesses zu stehen. Sie warf Katie einen Blick zu und diese erwiderte ihn mit einem Lachen.

»Gefällt es dir hier?«, fragte Katie nach einer Weile.

Sofort war es still am Tisch. Alle Augen richteten sich auf Sandra, der sehr bewusst war, wie die

Antwort auszufallen hatte. Sie schaute in die erwartungsvollen Gesichter und in diesem Moment begriff sie, dass ihr eine wundervolle Welt aufgeschlossen worden war. »Und ob. Und ob es mir gefällt.«

Katie warf den Kopf zurück und lachte. Erleichtert stimmten ihre Freunde mit ein und Sandra fühlte sich beschämt, weil diese Menschen sich so sehr über ihre Zuneigung freuten.

»Komm mit«, sagte Katie nach dem Essen. »Ich zeige dir noch mehr Bilder von Mama und mir.«

Sandra ließ sich gerne in Katies Zimmer entführen. Neugierig studierte sie die Fotos, die mal ihre Mutter, mal Katie, mal beide zeigten. Fast immer lachten sie und Sandra gab es einen Stich, eine Seite von ihrer Mutter zu sehen, die ihr selbst verborgen geblieben war.

»Das sind schöne Fotos«, sagte sie, »wohnst du gerne hier?«

Katie nickte eifrig. »Ja. Und du? Wohnst du gerne in deinem Zuhaus?«

Sandra spürte Tränen hochkommen. »Ja, ich wohne gerne in meiner Wohnung. Aber es wäre schöner, wenn meine Schwester zu Besuch käme. Weißt du, an meinem Tisch ist noch ein Platz frei.«

Katie strahlte. »Und bei mir ist auch ein Platz frei. Das hast du ja gesehen.«

»Das habe ich.«

»Ich finde es gut.«

»Was?«

»Dass du meine Schwester bist.«

»Das finde ich auch gut. Und du bist ja noch mehr. Du bist auch eine Tante.«

Katie strahlte, warf den Kopf zurück und lachte.

Kapitel 22

Jederzeit heißt immer — oder nicht? Sandra sann darüber nach, als sie Katie verließ, und dann wurde aus den Grübeleien ein Entschluss. Sie nahm ihr Handy heraus und fragte Pastor Sünder, ob sie vorbeikommen dürfe. Ja, jetzt gleich, wenn es gehe und eine Stunde sei ihr recht. Sie bedankte sich und schlug die zu ihrem Heimweg entgegengesetzte Richtung ein.

»Ich frage mich, wann ich es Johannes sagen soll?«

»Gibt es einen Grund, es nicht zu tun?« Pastor Sünder lehnte sich zurück und zündete sich eine Pfeife an. Das hatte er sich als Feiertagsbonus von Sandra erbeten und sie hatte gerne zugestimmt.

»Nein, nicht wirklich.«

»Und was lässt Sie zögern?«

»Ich schäme mich.«

»Aber nicht für Ihre Schwester?«

»Nein.« Sandra warf ihm einen empörten Blick zu. Aber dann fügte sie leise hinzu: »Für meinen Vater.«

Pastor Sünder nickte.

»Katie ist toll«, sagte Sandra.

»Sie wird Sie brauchen.«

»Und ich brauche sie.«

»Das ist Familie.«

Sie schwiegen einen Moment.

»Sie kommt morgen Nachmittag zu uns. Frau Niemeier bringt sie.«

»Frau Niemeier ist ein Engel. Katie hatte Glück, dass sie in ihre Hände kam.«

»Glück im Unglück.«

»Genau.«

»Aber …«

»Sprechen Sie.«

»Glauben Sie an Zufall?«

»Das kommt darauf an.«

»Wenn ich nicht diese verrückte Idee gehabt hätte, Sie nach der Weihnachtsfreude zu fragen.«

»Warum gerade mich?«

»Eigentlich war es nur ein Vorwand, um herzukommen. Weil Sie meine Mutter kannten.«

»Das verstehe ich.«

»Jetzt habe ich eine Schwester, einen Mann und … naja, Antworten.«

»Das klingt, als wollte die Weihnachtsfreude langsam kommen.«

»Ich bin bereit. Und vielleicht brauche ich nächstes Jahr keine Schneedecke, damit das Grab meiner Mutter gut aussieht.«

Pastor Sünder schmunzelte. »Dafür ist Schnee doch da. Alles hat seine Zeit. Ich möchte sagen, alles braucht seine Zeit und wir tun gut daran, die Dinge nicht zu hetzen.«

»Glauben Sie, Gott wollte, dass Katie und ich uns finden?«

Pastor Sünder blies ein paar Rauchringe in die Luft. »Was glauben Sie?«

»Ja.«

»Das allein zählt.«

Das Grab von Ingrid Schlomeyer war mit einer jungfräulichen Schneeschicht zugedeckt, nur die Äste der Hortensie lugten hervor.

»Ich habe sie gefunden, Mama. Ich habe Katie gefunden. Du hast recht, ich wäre entsetzt gewesen, weil du sie weggegeben hast … aber … doch nicht für immer. Wir hätten eine Familie sein können, wenn du … nur ein Wort, Mama, nur ein Wort. Ich hätte es doch verstanden … irgendwann … glaube ich.«

Sandra erhob sich. Sie legte einen Tannenzweig auf das glitzernde Weiß. »Wenn ich das nächste Mal komme, bringe ich sie mit. Und Johannes. Er wird dir gefallen.«

Sandra weinte. Es waren Tränen der Erleichterung, weil nun endlich mit ins Grab geschlüpft war, was dort hineingehörte. Weil das Vergangene keine Last mehr war, sondern eine Erinnerung.

»Ich verstehe jetzt, Mama, warum ich so lange traurig war. Die Trauer musste in meinem Leben bleiben, damit ich Katie finde. Sonst wäre das Leben einfach ohne sie weitergegangen. Und ich hätte nicht mal gewusst, dass mir etwas fehlt.«

Kapitel 23

»Bublitz.«

Johannes' Stimme flutete Sandra mit einem Gefühl, wie man es fühlt, wenn man von einem Berg ins Tal schaut und einen Ausblick genießt, der einen den Göttern nah sein lässt. Man verspürt den Wunsch, seine Flügel auszubreiten und ins Tal hinabzugleiten — wenn man nur Flügel hätte. »Hier ist Sandra.«

»Schön, deine Stimme zu hören.«

»Wie war es bei deiner Schwester?«

»Wir haben Erinnerungen gewälzt. Sie weiß Dinge, die ich nicht mal geahnt habe. Ich bin mir aber noch nicht sicher, ob ich sie darum beneide.«

»Dinge von dir nehme ich an.«

»Nur von mir.«

Sie lachten beide.

»Und du? Was hast du heute gemacht?«

»Ich war auch bei meiner Schwester.« Ihre Stimme klang plötzlich brüchig.

»Bist du okay?«

»Ja.«

»Wie war es?«

»Es war schön, aber … wir haben keine gemeinsamen Erinnerungen.«

»Wie geht das?«

»Das würde ich dir gerne erzählen.«

»Soll ich vorbeikommen?«

Sandras Herz klopfte ihr bis zum Hals. Nichts wünschte sie sich brennender, als ihre Gedanken und Gefühle mit Johannes zu teilen. »Ja.«

Er sagte, er brauche dreißig Minuten, um bei ihr zu sein. Neunundzwanzig Minuten nachdem Sandra aufgelegt hatte, klingelte es. Johannes stand in seinem abgewetzten Mantel vor der Tür, seine Wangen von einem Hauch Stoppelbart überzogen und seine Haare wuschelig wie die Schaumspitzen einer brechenden Welle. Er lächelte wie ein kleiner Junge, der endlich sein Lieblingsspielzeug wiedergefunden hatte, nahm Sandra in den Arm und küsste sie. (Er lächelte auch wie ein großer Junge, der sein Wunschspielzeug geschenkt bekommen hatte und sofort auspacken wollte, aber soweit war Sandra noch nicht und deshalb tat sie, als hätte sie es nicht bemerkt, obwohl es ihr einen rasenden Puls bereitete.)

Sie machten es sich auf dem Sofa bequem. Mit Weihnachtstee und Plätzchen bewaffnet, breitete Sandra ihre Geschichte vor ihm aus. Die Worte sprudelten aus ihr heraus, als wäre sie eine Quelle und Johannes das Flussbett, in dem das Wasser eine Heimat fand.

Johannes hörte ihr aufmerksam zu, streichelte ihr hin und wieder durchs Haar und schlürfte seinen Tee.

»Klingt fast so verrückt wie meine Geschichte«, sagte er, als Sandra geendet hatte. »Jetzt weiß ich, warum ich dich auf dem Amt getroffen habe.«

»Warum?«

»Wir passen einfach gut zusammen.«

»Ich weiß nicht.« Sandra zog die Stirn kraus. »Wenn ich dich so ansehe …«

»Was?«

»Du brauchst dringend einen Friseur.«

»Nein.« Johannes zog sie in seine Arme. »Ich brauche dringend eine Frau. Und da kommt nur eine einzige infrage.« Er küsste sie. »Und mit meinen Haaren wirst du leben müssen. Der Friseur muss noch geboren werden, der es schafft, sie zu bändigen.«

»Soso.«

»Kannst du damit leben?«

»Ja.«

Die Uhr schlug weit nach Mitternacht, als Sandra wieder allein in ihrer Wohnung war. Sie schaute aus dem Fenster und beobachtete Johannes, wie er sich dem Wetter trotzend die Straße hinunter entfernte. Und als er schon längst verschwunden war, stand sie immer noch da und betrachtete die Spuren, die er im frisch gefallenen Schnee hinterlassen hatte. Die Fenster der Häuser waren dunkel. Nur die Laternen wärmten mit sanftem Licht, ohne den Winter zu stören. Die Nacht spendete Trost, und der neue Tag versprach, dass Johannes auf dem gleichen Weg zurückkäme. Und dann würden die Spuren in Sandras Richtung zeigen.

Kapitel 24

Die Türklingel schellte um neun Uhr in der Frühe und riss Sandra aus ihren Träumen. Verwirrt schaute sie auf die Uhr. Alexander hatte sich für elf angekündigt, um die Kinder zu bringen. *Wer zum Teufel ...* Schlaftrunken warf Sandra ihren Morgenmantel über und torkelte an die Tür.

»Guck mal, Mama, was ich gekriegt habe!« Felix stürmte herein und hielt ihr die Verpackung einer Ritterburg unter die Nase. »Können wir die jetzt aufbauen?«

»Und mein Puppenhaus auch?« Maries Packung überragte beinahe ihre eigene Körpergröße.

Sandra wartete, bis sie mit Alexander allein im Flur war. »Hättest du dir nicht zu Weihnachten eine Uhr wünschen können?«

Alexander stellte die Tasche in den Flur. »Sie waren schon wach. Und du hast ja eh nichts vor.«

»Pass auf, dass sie nicht zu lange bei dir sind. Sonst müsstest du noch eine Burg zusammenbauen.«

»Ruf mich an, wenn du Hilfe brauchst.«

Sandra schob Alexander zur Tür hinaus und knallte selbige hinter ihm zu. *Tief Luft holen und bis zehn zählen. Heute ärgere ich mich nicht über ihn. Heute nicht.*

»Kommst du, Mama?«

Sandra folgte der Stimme ins Wohnzimmer, wo Felix schon begonnen hatte, die Verpackung aufzureißen. »Kann das noch ein wenig warten?«

»Oo ... nöö. Bei Papa durfte ich auch nicht.«

»Naja, ich dachte nur, weil Johannes zum Essen kommt. Das ist doch Männerkram. Dann könnt ihr beide das machen.«

Das überzeugte Felix, er riss aber trotzdem die Packung schon mal auf, nur, um die Teile zu zählen.

»Machst du dann meins, Mama?«

Sandra wuschelte Marie durchs Haar. »Ich glaube, Tante Katie würde sich sehr freuen, das mit dir zu machen. Willst du vielleicht auch noch warten?«

»Tante Katie kommt?«

»Ja.«

Damit war die Sache abgemacht.

Johannes kam pünktlich zum Mittag — da hatte Sandra noch nicht geduscht, was er nicht schlimm fand — und stürzte sich ins Getümmel. Marie leitete ihn beim Tischdecken an, sehr erschwert durch Felix' Versuche, Johannes zu seiner Burg zu ziehen, denn Felix fand, dass er lang genug gewartet hatte. Johannes musste ihn vertrösten, und als Sandra aus dem Bad wieder auftauchte, schaute er sie beinahe erlöst an. Aber er hielt Wort, direkt nach dem Essen wurde die Ritterburg zusammengebaut.

Um drei Uhr klingelte es. Sandra wollte die Kinder zurückhalten, damit Katie nicht umgerannt wurde, doch es gab keine Chance. Sie stürmten an die Tür und hüpften wild herum, bis Katie die Treppen hinaufgekommen war.

»Riecht gut bei dir«, sagte sie und trat von einem Bein aufs andere.

»Ich habe Kuchen gebacken. Komm herein. Du kannst deine Jacke aufhängen.«

Katie grinste. »Ich habe allen erzählt, dass ich zu meiner kleinen Schwester gehe.«

Sandra grinste zurück. »Das fanden sie gut, oder?«

»Ja.« Das Grinsen wurde breiter. »Sie wollten sogar mitkommen. Aber Brigitte hat gesagt, ich soll besser allein gehen, weil du nicht so viel Kuchen hast.«

Sandra schmunzelte. »Wir können das nachholen. Dann backe ich Kuchen für alle.«

Das Eis zwischen Katie und den Kindern war schnell gebrochen. Sie zeigte sich beim Puppenhausaufbau höchst talentiert, sodass Felix, der seine Tante wunderschön fand, beinahe eifersüchtig zu Marie hinüberlugte und um Haaresbreite bei einem Ritterkampf gegen Johannes unterlag.

Zum Abschied klopfte Katie Sandra auf die Schulter. »Ab jetzt passe ich auf dich auf, kleine Schwester.«

»Danke«, antwortete Sandra und umarmte Katie. »Ich bin froh, dass ich dich habe.«

»Ich bin auch froh.« Katie lachte übers ganze Gesicht. »Vor allem, weil du so normal bist.«

Sandra schluckte. »Aber nicht immer.«

»Nein. Nicht immer.«

»Wollen wir bald mal zusammen zu Mamas Grab?«

Katie nickte eifrig. »Klar.«

»Was für Blumen pflanzen wir?«

Katie überlegte. »Christrosen. Die mochte Mama am liebsten.«

»Was für ein Weihnachtsfest«, sagte Sandra seufzend, als endlich Ruhe eingekehrt war. »Und jetzt, wo du alles über mich weißt, willst du immer noch bleiben?«

Johannes nahm Sandras Hände. »Und wo du alles über mich weißt, willst du, dass ich wiederkomme?«

»Nein«, flüsterte Sandra, »ich möchte, dass du bleibst.«

»Das meinte ich doch.«

»Dass du heute bleibst.«

Er wickelte sich eine Haarsträhne von Sandra um den Finger. »Bist du sicher?«

»Ja.«

»Ich werde nicht wieder gehen.«

»Versprochen?«

»Frohe Weihnacht, Frau Porath.«

Sie wollte noch antworten, da spürte sie seine Lippen schon auf ihren und in diesem Moment wusste sie, dass sie den Schlüssel zur Weihnachtsfreude für immer bei sich tragen würde.

Weil er in ihrem Herzen war.

Leseadventskalender
von Paula Roose ...

Wunder kommen leise

»Seine Worte stachen mir ins Herz. Ich spürte, dass er recht hatte. Ein Penner weniger machte für diese Welt keinen Unterschied. Aber für ihn machte es einen Unterschied, wie sich die Welt zu ihm verhielt. Und die Welt, das wurde mir unbequem klar, war in diesem Augenblick ich.«

An einem nasskalten Abend in der Adventszeit nimmt der gescheiterte Geschäftsmann Johannes Bublitz den obdachlosen Rudi mit zu sich nach Hause und bewahrt ihn so vor dem Erfrieren. Dieser bedankt sich mit einem vergoldeten Schließfachschlüssel. Johannes macht sich auf, das Geheimnis des Schlüssels zu lüften. Was als kleines Abenteuer beginnt, wird zu einer Reise in seine Vergangenheit und öffnet ein Fenster in eine bessere Zukunft.

Es ist eine Geschichte vom Scheitern und Neubeginnen. Und vom Glauben an Gott, in Kindertagen wie im Erwachsenenleben.

Ein Leseadventskalender für Erwachsene

ISBN 9783744893527

Ein Platz für dich

Ostpreußen 1909. Das Dienstmädchen Marie ist schwanger, aber ihr Geliebter Karl wollte Spaß und keine Verantwortung. Die Gutsbesitzerin erklärt, dass ein Bastard in ihrem ehrbaren Haus nicht erwünscht ist.

Marie muss ihr Kind ins Waisenhaus geben, wenn sie ihre Stelle behalten will. Aber das kennt sie aus eigener leidvoller Erfahrung ...

Ein Leseadventskalender für Erwachsene

ISBN 9783743168008

Arvid und das uralte Versprechen

Wenn nur diese Römer nicht wären! Dann hätte Arvids Vater nicht seinen ganzen Besitz verloren und Arvid müsste nicht vor den Toren von Betlehem sitzen und Schafe hüten. Viel lieber würde er in die Synagogenschule gehen. Zum Glück gibt es seinen besten Freund Nathan. Doch treffen können sie sich nur heimlich. Nathans Vater sieht es gar nicht gerne, wenn sein Sohn mit einem Hirten spielt.

Wenn diese Römer nicht wären, dann gäbe es keine Volkszählung. Nur weil der Kaiser mehr Steuern will, ist ganz Israel unterwegs.

Das kümmert Arvid wenig, bis er ein junges Paar sieht, das keine Unterkunft findet. Dabei ist die Frau hochschwanger.

Wenn nur dieser Streit mit Nathan nicht wäre! Dann hätte Arvid nicht so schlechte Laune und dem jungen Paar geholfen. Soll sie ihr Kind auf der Straße bekommen? Das will Arvid dann doch nicht zulassen. Um zu helfen, braucht er Nathan. Aber der ist nirgends zu finden.

Ein Leseadventskalender für Kinder ab 10 Jahren

ISBN 9783741283048

Die Drachentau-Saga

Ein Fantasy-Drama um Liebe und Gewalt.

ISBN 9783744837965   ISBN 9783744837972

»Hüte dich davor, einem Drachen in die Augen zu schauen. Er wird dich in seinen Bann ziehen und du musst ihm folgen, wohin er dich ruft.«
Rosa kennt die Warnung ihres Großvaters Jakob und weiß, welche Wunden der Drache in ihrem Bärendorf geschlagen hat. Aber ihre Welt ist in Ordnung und sie will Bodo heiraten, wenn Jakob endlich zustimmt.

Doch dann sieht sie den Drachen Tumaros und ist von seiner Schönheit und Stärke fasziniert. Sie schweigt über ihre Gefühle und als Jakob erkennt, dass der Drache es auf seine Enkelin abgesehen hat, ist es zu spät. Rosa blickt in Tumaros Augen und folgt seinem Ruf in die Drachenhöhle.

Besuchen Sie Paula Roose im Internet:
www.paula.roose.de